模範郷

リービ英雄

集英社文庫

目次

模範郷

模範郷

広大な大陸の、でこぼこの田舎道のほとりに建つ、日本風に言えば八畳もない土間の小屋に、五人家族が住んでいた。その家の背の高い四十歳の主人と、ぼくは話していた。顔も手も石炭粉と油に塗《まみ》れていて黒い、その男が早口の「土語」——その村以外に通じないし、通じる必要もないと思われている方言——を話しているのに対して、ぼくは、いくら大陸に渡っても流暢《りゅうちょう》にならない標準語で答えていた。

標準語は、大陸では「普通話《プートンファ》」と言う。だが、その日、ぼくは同じ標準語が、大陸の東の海峡の向うに浮ぶ島ではそうではなく「グオユー」と言い、そしてその言語の名前を今でも「國語」と書くのだ、ということを、大陸にいるときとしてはめずらしく、頭の隅で意識していた。

大陸のほぼ真ん中に在る、黄河の南の、一億人もいる省の、大都会から離れた山の奥の村に、背の高い男の小屋があった。ぼくはそこに五年も旅行者として通い、その場所について『大陸へ』というノンフィクションの中で日本語で書いたこともあった。

「中原」といわれている何百キロにも渡る平原がその西の端で低い山岳地帯に変る、その境あたりにある農村だった。「農村」地帯には、しかし、背の高い男の小屋の前に立てば見渡せるなだらかな山々のあちこちに、「解放前」、つまり国民党の時代からあったという石炭坑が点在していた。家々も黒ずみ、畑の白菜をも灰色の煤《すす》が覆う「田舎」は、牧歌的ではない。そこは、まぎれもなく近代化に侵食された田舎なのである。

大陸の農村にはじめて踏みこんだのは、一九九〇年代の半ば頃だった。土の匂いと色褪《あ》せたレンガの家並に、ときには異物としてぼくを指して叫ぶ土語に、ただ魅了された、というだけでなく、「時間」そのものが細道として形をなし、建造物として現れているという気がした。

そしていつの間にか、広い大陸の中で、河南省というところにたどりついた。

ある場所について「進んでいる」、「おくれている」という判断基準で大陸の人々が品定めをするのがよく耳に入るのだが、河南省の中でも最も「おくれている」とされている山あいの部落に通い、背の高い男と、その妻と子供たち農民一家と、他の農村に住む人々や山の向うの石炭工たちと、ぼくの拙《つたな》い普通話とかれらのネイティブな「土語」で言葉を交わすようになった。

そこへ行き来し始めた頃には、外国人なのに何でこんなに遠くておくれている、、、、、場所に来るのか、とよく聞かれた。石炭を積む大型トラックの修理をする背の高い男からも、十四歳で広州へ出かせぎに行ってそこから帰ってきたばかりのその娘からも、鉱山の坑夫たちからもそう聞かれた。外国人がまず行かないところにぼくは行くのが好きだ、と答えると、相手によっては半信半疑の表情も示した。大陸へ行きはじめた一九九〇年代と違って、二十一世紀に入り時間が経過するほど「日本文学の取材のため」という説明を口にすることに危険を感じるようになった。

最初の数回は、「記者」とか「特務《スパイ》」という噂も立ったらしい。が、十回も二十回もたずねているうちに、どうもそのような害のある者ではなさそうだということが分ったらしく、噂も消えて、そのうちに「何で」という質問も耳にしなくなった。

実は、大陸の「おくれている」農村に出入りするもう一つの理由があった。しかし、そこへ通っている五年間、誰にもその理由を打ち明けなかった。

その理由は、きわめてプライベートな事柄であると同時に、政治的にも口にするのをためらうものである、とぼくは長い間思っていた。口にしなくて済むことをわざわざ口にすることもない、口は災いのもと、毛沢東もそう言ったでしょう、と「解放」以降の六十年の大陸の歴史を背負った複数の知り合いからそんな知恵を教えてもらっていた。

「もう一つの理由」は、大陸の真ん中で生活する村民に教えなければならない必要性は何もなかった。なのに、去年、早春の光がまるで亜熱帯を思わせる強さで山あいのほこりの立つ細道と黒ずんだレンガの家並に照り渡ったある日、とつぜん、かれらにその理由を知ってほしい、という抑えても抑えきれない衝動にかられた。

三月のはじめ頃、何十回目だったのか、ぼくは大都会で車に乗り、高速道路から国道、国道から省道、そしてやがては村道のわき道に入り、しばらく行くと、農家が逆に都会さながらに密集した、だからこそ歴史的にも現在的にも貧しい部落にたどりついた。

その日も、背の高い男のモーターバイクのうしろに乗り、田んぼと石炭坑、それに小高い山の頂に建つ古い道教の寺院にも連れて行ってもらった。

茶色い土の細道の、その西側には赤と灰色のレンガの家屋と、ところどころには「解放前」から残っているのだと背の高い男が土語で教えてくれた粘土塀も、あった。大陸に渡りはじめる前に読んでいた、安部公房の処女作にある満州の描写を思わせる、長くて曲がりくねった粘土塀だった。

日本語の連想を口にせず、土語の声を聞き、理解できないときは黙りこみ、理解できる分だけ普通話で答えた。村での会話はいつも沈黙を交じえながら進んでいた。ぼくも、農民たちも、すでにそのことに慣れていた。

昼下がりの陽光が細道にあふれていた。その光が細道の両脇に連なる赤レンガと灰色のレンガの粗い表面を際立たせ、毛沢東と安部公房の時代の粘土塀の罅《ひび》を露《あら》わにした。

ぼくがうしろに乗っていた農民のモーターバイクは、道教の寺院が建つ山のふもとに広がる田んぼの横の、たぶん十年ほど前に舗装されてすぐにでこぼこになった村道をゆっくりと走っていた。

田んぼには男と女の農民が三々五々集まり、前へこごんで働いていた。山上の寺院だけが静けさに包まれていて、谷間の方は、レンガと粘土の家が固まり、すべての方角から声がかすかに響いていた。

ぼくは言うのをためらった。こんなときには「実は」と切り出すあの日本語がいい、と一瞬、日本語で考えた。そのような中国語をぼくは知らないから、ただ、いつものように小さな声で言った。

ぼくは三日後に、台湾へ行く。

大きな、黒く汚れた手でハンドルをにぎる農民は、黙っていた。

台湾は、ぼくの小さい頃の、故郷《グーシャン》だった。

それより十年ほど前に、河南省の都市の小型タクシーの運転手にそれを打ち明けたことがあった。

二十代の運転手はこぶしでハンドルを叩《たた》き、

台湾は中国の領土だ！　お前は中国の台湾で何をしていたのだ！

と、土語ではない、都市の方言で叫びだした。

台湾で子供時代を過ごした、とぼくは不意を打たれたが本当は驚かず、弱い声で答えた。

お前はそこで子供時代を過ごす資格はなかった！

と怒鳴られた。道の途中なのにそくざに料金を払って、車を下りた。

それから十年近く、河南省では誰にもその話をしなかった。

背の高い農民は、あのときのような反応をしないで、ただ黙りつづけた。

相手の沈黙によって、ぼくは逆に安心した。

次の言葉はさらに言いにくかった。

こんな言い方は大変失礼に当るかもしれないが、という、また口から出そうになる日本語を抑えて、
ぼくは五十年前に台湾にいた、ぼくの故郷《グーシャン》だった、五十年前の台湾のような風景をかいま見るために、現代のあなたたちの村にぼくは来た、と四声も不確かな普通話をつなげて、言った。実は、を再び省略して、それが最初の大きな理由

だった、とつづけた。

　振りかえった背の高い男の顔には驚きの表情が過《よぎ》ったが、驚きの他にははっきりとした反応は依然としてなかった。大陸の奥地の何億もの農民と同じように、自分が生まれ育った省以外は、出かせぎでは行くことはあるが、北京や上海はおろか、「台湾へ行く」と聞いても人が実際に行ける場所としては想像したこともないのかもしれない、とぼくは思った。

　背の高い男はまっすぐ前に向って、モーターバイクのスピードをすこし上げた。

あの時代の台湾にいた宣教師学校の同級生から、私たちの台湾はもう台湾にはない、探すとすれば大陸の、しかも相当な田舎へ行けばまだそのかけらはかいま見えるかもしれない、と言われた。それも、大陸にぼくがはじめて渡った、二十年ほど前の話だった。

　レンガと、粘土と、またレンガの家並をモーターバイクがすばやく通りすぎた。

最初は、ぼくの家を探すために、あなたの村へやってきた、とぼくは普通話で言った。

　二十年近く、大陸の奥地へ足を運んできて、はじめて奥地の農民にそのようなことを打ち明けた。

背の高い男はでこぼこの細道をしばらく黙って走りつづけた。そして何分間か考えこんだあとに、

台湾の方が進んでいるでしょう、と言った。

「解放」と「文化大革命」と「鄧小平」をすべて生活の中で体験した大陸人が、ぼくにはとても共有できない思いの末に、何かに納得したような口調の、静かな土語でそう言った。

それきり、背の高い男はぼくには何も言わなかった。

台湾にあったぼくの家は、実は日本人が建てた家だった、という事実を、口にする必要はなかったので言わなかった。

たとえ自分を三人縦に並べてもそれより高い塀の、そのてっぺんには白とオレンジ色と、あとで分ったのだが、ラムネの壜《びん》の緑のガラスの破片がコンクリートに突っこまれたままぎざぎざに並んでいた。

泥棒をよけるためだ、とそこへ引越した直後に母から聞いた。

塀の外からは、ぼくには分らない大人と子供の、遠い声とすぐ近くの声が、一日に何度となく、塀に囲まれた広い庭の中まで届いていた。「方言」であるとはぼくは知らなかった。家に出入りする軍服姿の「国民党《ナシヨナリスト》」の大人たちが話す「國語《グオユー》」と違って、塀の外の話し声はぼくにはまったく分らなかった。そして大人たちには、分る必要があるという態度はなかった。

台湾の西側、つまり台湾海峡側の中央あたり、台中なる地方都市の町外れの「模範郷」という場所に、その家があった。「模範郷」は中国語の國語《グオユー》でモーファンシャン、そこに住んでいたアメリカ人の間では Model Village と呼ばれていた。一九五六年、そのアメリカ人の父母に連れられて六歳の時そこに住みついたぼくはたぶん、英語の呼び方を最初に覚えて、そのすぐ後に、ペディキャブで家に帰るときにその車夫に告げる自分の家の住所として「モーファンシャン」を覚えた。

その町を創り、一九四五年までその町の住人たちだったはずの日本人の、元の呼び方、もはんきょう、とは、十歳のときにそこを離れてから何年も経《た》ち、大人になってからはじめて知ったのであった。

模範郷に並ぶ家は、すべて「日本人建的《ルベンレンジエンデ》」家なのだと、ぼくの家に出入りしていた国民党《ナシヨナリスト》の誰かから、たぶんはじめてその話を聞いた。

その家に住んでいた、六歳から十歳まで、実際の「日本人」には一人も会ったことはなかった。「日本人」は畳部屋が連なる平屋と、鯉《こい》が見え隠れする池の背後にある築山を創ってから永久に去ってしまった、顔も声もなく伝説的な過去に生きていた存在だった。

塀の外から届いたのは、当時のアメリカ人や、伝説的な「日本人《ルベンレン》」が上陸するよりはるか前に、あの島の村と巷《ちまた》に響いていた言葉だったのである。

遠い記憶の中では家と家の区別が確かにぼやけてはいるが、模範郷の中でも二回ほど引越しをして、三軒ほどの日本家屋に住んでいた。特に最後の家は『天安門』や『国民のうた』のモデルとなった。しかし、日本語の作品には登場しなかった、二軒目の家について、五十年間、青年時代から中年期を経て、最近まで鮮明に、執拗《しつよう》なほどに甦る瞬時の記憶がある。

小説の中の高い塀と同じく、亜熱帯の陽光を受けて、ガラスの破片が季節外れのクリスマス・ライトのようにきらめいていた。

現実の記憶には、小説以上に「たぶん」や「おそらく」は多いのだが、ぼくはたぶん九歳だった。

塀に囲まれた広い庭の、その塀のすぐ下あたりにぼくは一人でいた。竹の棒、あるいはおもちゃのシャベルで土を掘りおこして遊んでいた。

その前の日はモンスーンの豪雨だったのか、やわらかな土の下からさまざまな面白いものが出てきていた。

よく覚えているのは、陶器のかけらだった。丸いかけらと細長いかけらには、白い地に水色や紺色の模様で、松と岩と小さな人の姿があった。たぶん皿か茶碗のかけらだった。家の前の借り主、それとも「日本人《ルベンレン》」が捨てたものだったのか。

それより十数年前の「日本人《ルベンレン》」の時代も、七十年前の「清朝」も、ぼくには同じほど実感のない古《いにしえ》だった。泥だらけの陶器のかけらを次々と拾って指先できれいにしてその模様を見ていた。

ちょうどそのときだった。大きな平屋の中から、歌が聞こえてきた。おそらくはレコード・プレイヤーのある洋間から庭に面した長い板の廊下を通って伝わり、開いたガラス戸の間から、歌っている声が流れてきたのだろう。

英語の歌詞が高い塀まで鳴り響いた。

I give to you

で始まり、

and you give to me

とつづいた。

そして、

True love, true love

とゆっくりと歌っている女の声だった。

母がいつか台北の米軍基地のＰＸで買ったレコードだったのか。

I give to you

and you give to me

池と築山とキンカンの梢《こずえ》にまで、その声が響いて庭を満たしていた。

母はたぶん、洋間でひとりでレコードを聴いている、そのことをぼくはすぐに想像した。

なぜそう分ってしまったのか半世紀の間はっきりしないまま、あの瞬間には、おそらくははじめて、両親が離婚することになるだろう、と分った。

そして数秒経ってから、そのことによってぼくは高い塀に囲まれた自分の家とその家が在る島を永久に離れることになるだろう、とはじめて予感が生まれたのであった。


早春には河南省から上海経由で東京に帰り、新宿の路地裏にある家に二日だけいた。そしてすぐに東京から台北に飛んだ。

台湾の家を離れてから五十二年が経っていた。台湾にもどるのは二回目だった。その一回目は八年前に、津島佑子氏が先導する「文学キャラバン」の、日台作家会議の一員として台湾へ渡った。台北で集合してから「キャラバン」は東海岸の台東に向い、そこでは原住民作家のシャマン・ラポガン氏をふくめた座談会に参加した。

台湾は四十四年ぶりだった。

そのとき、台北から列車ですぐ行ける、と知りながら、西海岸の、台湾海峡に近い台中だけはぼくは避けた。

座談会では半世紀前の「台中の家」の話もした。だが、実際の台中へ足を運ぶことはためらった。

台湾の家を離れてからの半世紀の間、台湾で戦争が起きたわけでもなく、一九四九年の「解放」以降の大陸のように長年にわたって上陸禁止となっていたわけでもなかった。

ただ、「あの時代の台湾はもう台湾にはない」という台中の宣教師学校のアメリカ人の同級生の証言があった。そしてそんな英語の言葉を耳にするまでもなく、一度や二度ならず日本語の小説のインスピレーションとなった、現実の「私」を囲んでいたかつてのめざましい風土は地上から消えたに違いない、と分っていた。日本の風土の過激な変容の、その四十年分を体験した者として、そのことを、直感のみならず客観的にも分っていたのであった。

喪失された現実の場所をたずねて喪失の事実を自分で確かめるよりも、喪失される前の鮮烈な記憶を、日本の近代の時間の中で生まれた「私小説」のような形式に書きとめよう、と日本語の作家としてデビューを果たしてから思うようになった。

書く前にその場所の遺跡を目にすることは恐かった。「そこ」であったと認められないほど変質したに違いない場所を、もし見てしまえば書けなくなる。そんな恐怖も、元々はそこの人ではないという自覚によってさらに強くなったかもしれない。そこで一つの複合的な原景を与えられたぼくも、そこへぼくを連れて行った家族も、そこの現地人が言うところの「外省人」でも「本省人」でもなく、人種上は「アジア人」ですらなかった。

一九五〇年代に台中の家にたどりついてからすぐに、その家は「戦争の前に、日本人が建てた家だ」と、自分が共有しない時間を、大人たちが語った。そして自分の時代を生きている間に、いつの間にか、大陸を喪失した「中華民国」の砦《とりで》となった島の、大日本帝国の遺跡に、アメリカ人であった自分の家族が住みついた、という事実が明らかになってきた。大人になった自分の記憶の古層において、二重も三重もの意味で「自分の国」ではない島に、確実に「自分の家」があった。

アメリカと日本で過ごした二十世紀後半の大人の人生の時間の中で、帝国の遺跡として残っていた町も家も、また遺跡に化しただろう、と遠くから想像することができた。その時間の中で元の宗主国の文化の解体と変質を体験したからこそ、十分に想像することができた。遺跡の遺跡を目にすることを、ぼくははばかっていた。それを直視することによって、実際に失った東アジアの家を、もう一度、記憶の中で失うことを、ぼくは、たぶん、恐れていた。

「私たちの台湾はもう台湾にはない。むしろ大陸の、しかもかなりの奥地まで行けばまだかいま見えるかもしれない」

deep in the mainland,

perhaps a glimpse of our Taiwan

宣教師学校の同級生からの英語のヒントを、半信半疑で受け止めつつ、現実の台湾には行かないで、大陸の中で、大陸の人が「おくれている」とする領域、戦後日本よりもさらに急激な「発展」から遠く離れた場所、大陸の奥の奥まで足を運んでは幻の「自分の台湾」の面影を探し求めた。レンガと粘土と、ほこりを立てて走るジープとペディキャブの細道と、高い塀の外でさわぎ立つ、大人と子供の方言の声の、年々に遠のく記憶がむしろ大陸で甦った。そして大陸の農村でそのように獲得した鮮やかな心象を、何度か、英語でも中国語でもないもう一つの、島国の言葉の中に刻みつけることもできた。

元の家族に年齢のペストが襲いかかったように、誰もこれといった持病もなかったのに、たてつづけに全員が亡くなった。高い塀に囲まれた台中の家に住んでいた父も母も、知的障がいをもって生まれた弟もいなくなった。そのことも確かに大きかった。

しかし、その前にはすでに、大陸の奥地で甦った台湾の家の記憶にもとづいて、二度も三度も日本語の小説を書き、それからは同じ手法で書くことはもうないだろう、とある時点から決めていたのも事実だった。

二〇一三年の三月に、台中にある大学で講演をして、それからいっしょに「模範郷」へ行ってあなたの家を探してみないか、という手紙が届いたとき、しばらくは返事を留保したが、ついに同意することにした。行ってもいい、と思ったもう一つの理由があった。

二〇一一年の早春、二万人近い日本人が一挙に波にのみこまれた、ちょうどその直前に、元の家族の中で最後に生き残っていた母が、九十歳でワシントンで亡くなった。連日、国内のニュースにうちのめされて、連夜、国際電話では人生で最もしたくなかった会話がつづいていた。三月から数ヶ月間、無力感を覚えて、自己についても他者についても、日本についても外国についても、何語も書けなくなった。

忌まわしい年の終る頃、ある日、いつもの郵便物の中に交じって未知なる著者からの一冊の書物が入っていた。

封筒をあけてみると、『リービ英雄』という題の本だった。著者は笹沼俊暁という、はじめて見る名前だった。「研究書」を思わせる表紙だが、手にとって読みだしてみると、作家の背景や歴史的文脈に留《とど》まるような「研究」ではなく、日本語の表現の「現代」に迫る批評性がすぐにうかがえた。本の帯には「移動と越境の作家」といういつものぼくのキーワードが書かれているが、それよりもぼくが驚いたのは、「台湾で日本語教師をする著者が描く渾身《こんしん》の文芸評論」ということばだった。リービ英雄論としてこの書物が特徴的なのは、著者が台湾に在する日本人、そしてぼくの家があったあの台中の大学で教鞭《きょうべん》を執っている、その著者自身の立場で「台湾」と「大陸」と「日本語」について縦横に評論を展開している、ということだった。

その書物の中で特にぼくの目を引いたのは、次のような指摘だった。

そしてその「リービ英雄の物語」のほぼ全体に通底する、いわば結節点とでもいうべき場所に位置するのが、一九五〇年代の台湾の地方都市の家なのである。そこで去来する人々は故郷を失ったり、アイデンティティーを分裂させられたりしており、主人公を突き放すような他者としてである。リービ英雄の多くの作品世界に通底する移動や越境、アイデンティティー喪失のテーマは、そこから生成してくる。彼にとっての日本語は、そうした場所ではじめて出会ったものだった。まさに「作家のふるさと」なのである。

ぼくの「ふるさと」の歴史について、笹沼さんがまた細かく解説しているのにも、そこにいた者として開眼させられるものがあった。

故郷を失い、故郷を否定された人々が出会い、衝突する場で、少年時代のリービ英雄は日本語および北京語と出会った。中国大陸から来た人々にとって、北京語は、台湾の環境ではそれがもともともっていた土着性から切り離されたものとなった。また日本語も北京語も、台湾の土着の人々にとって「当然」の言語ではなく、他者の言語としてあった。

書けなくなったという心情の病、その呪いこそ祓《はら》ってはくれない。だが、書けなくなったとき、逆に書かれるということは、場合によってはある種の救いになる。(たとえ否定的であっても)批評という読解によって、自分の書き言葉と世界とのつながりはけっして断絶してはいない、ということの確認にもなる。

また半年が経った。

あの台中に住んでいる笹沼氏から、半世紀ぶりに「ふるさと」に家を見つけに行かないか、という誘いをもらったとき、ぼくは複雑な動揺を覚えた。「私」の記憶の場所が批評のまなざしにさらされている。一人の作家の主観的で断片的な思い出が、研究の対象となった。その研究も、きわめて良質で先端的である。しかし何よりも、現在もあの家があるのか、ないのか、本当に知りたいのか。家の者は、一人もいない。

小説は、すでに書きつくした。

家を探すなら最高の案内人が現れた、こんなチャンスは二度と来ない。行きたい、のではなく、断りきれない、等、迷いを理屈で抑えて、「知りたい」方に、すこし無理をして傾いたのであった。

人力車で空港へ行った。

人力車といっても、清朝ではなく、二十世紀後半のことだから、人が走るのではなく前部に付けられた自転車を漕《こ》ぐ、それをペディキャブ、「足のキャブ」、と呼んでいた。

台北空港への細道で、黒く日にやけた脚を廻《まわ》している車夫と、父とぼくとぼくの荷物を詰めた竹の座席から、父が國語《グオユー》でやりとりをしていた。

両親の離婚が決まり、母が先に職を見つけて弟といっしょに香港へ行った数ヶ月後に、母の下へ送るために、父がぼくを空港に連れて行った。

「足のキャブ」の大きな車輪がほこりの雲をたてていた。ぼくは十歳だった。父と別れる日の、記憶に残る父の声は、中国語だった。

羽田から乗りこんだＪＡＬ便の中で、そのことを急に思い出した。機体はグランド・ホテルのすぐ上を通りすぎていた。宋美齢の指示で建てられたという壮大な建物が、本物の亜熱帯の太陽の光線を受けて、ホテルというよりもチベットの巨大な寺院を想わせるように輝いていた。

ぼくが八歳か九歳のときに、母と弟といっしょに泊まったのだった、とＪＡＬ便に乗っている商社マンや家族づれの日本人の誰かに言いたかった。羽田でいっしょに乗った詩人で明治大学教授の管啓次郎《すがけいじろう》氏はあいにく三列前の座席にいたので、言えなかった。あまりにもわたくし的な回想を、そのまま言うことができない。アメリカの飛行機でなら乗客はいきなり赤の他人であるとなりの人にプライベートな感想を打ち明ける。そういうことをけっしてしない日本人の近代文化の中で「わたくし」の回想を書くというジャンルが生まれた。

アメリカの少年として体験した風景の上をすれすれに飛びながら、大人のアメリカ人たちと違ってそのことを誰にも打ち明けない。むしろそのことにもとづいて「私小説」を書く、その中で回想は単なる回想なのか、それとももう一つの意味に結晶されるのか、試されるのだ、と思いをめぐらしているうちに、JAL機がなめらかに台湾の土に着陸した。

「お仕事でお越しのお客さまも、ご家族といっしょにご旅行のお客さまも、暖かい台湾が迎えます」という乗務員のアナウンスが流れた。やわらかな日本語の声は、英語に翻訳されず、中国語でも繰り返されなかった。

その声の直後にJAL便が止まり、エコノミー・クラスの二百人が一斉に立ち上り、棚から荷物を下ろしはじめた。大陸の飛行機で二百人が降りるときのような焦りも緊張感も大声もなく、静かに人々は出口に向って動いた。

ぼくは一人だけ、降りるのをためらった。

だが、人ごみの中で管さんを見つけると、みんなが待っているのだから、と声にならない日本語で自分を動かして、管さんと静かに、東海大学の話をしながら、ターミナル・ビルに入った。

「中華民国以外のパスポート」を意味する難しい漢字の電光掲示板の前で列に並び、六十年前に大陸から消えて四十年前に国連からも承認を失った領域に、入国した。そのとき、古い日本語の、国家ではなく「くに」に、入った、もどった、とひとりで出国した十歳の少年が知らなかった言語で、思った。入国カードには半世紀前に出国した時と同じ英語名が記入されていることに、不思議な気持ちになった。

日本語を知らないアメリカの少年として台湾を出て、その台湾を日本語で書いた作家として呼ばれて、もどってしまった。

成田空港や北京国際空港ほど広くはない、だからこそか「世界の文化大国」や「甦った中心国家」という自意識が感じられる空港よりは自然な明るさが滲《にじ》み、確かに人を迎え入れてくれるような開放感もあった。

広くはない到着ロビーで、その前の便ですでに着いていた台湾籍で日本文学の新人作家、温又柔《おんゆうじゅう》氏と、管啓次郎の推薦で台湾の旅をドキュメンタリー映画として撮影する若き監督の大川景子《おおかわけいこ》氏をすぐに見つけた。東海大学での学会を聴きに来た早稲田大学、一橋大学の大学院生たちも学会主宰の笹沼さんといっしょに、ロビーにいた。

何人かと挨拶をして、空港から台北駅への移動について相談した。

機内と入国手続の間、四時間の禁煙に耐えて、そのあとはターミナル・ビルのすぐ外にあるという喫煙所に一人で出向いた。国際文学会議でなければ団体旅行の一員になることはまずないぼくにとっては、十分だけのひとりの時間にもなった。

ターミナル・ビルの外へ出た瞬間、光が顔と手に当った。同じ光が当っていた十歳の自分の、細く日にやけた腕の肌が思い出せたような気がした。ねばねばするような光だった。十歳までは常にこんな光に包まれていたのか、と訝《いぶか》り、コンクリートの柱の脇にある喫煙所を見つけて、すぐそのかげの中に入った。

ジャケットのポケットに手を入れて、たばこを取り出した。三日前にいた大陸からそのまま東京へ、そして台北へ持ちこんできた「中南海3ミリ」だった。ハーブのほのかな香りをかぎ、三月にしては暑すぎる空気に大陸の白い煙をはき出し、台湾にいることに自分が思わず抵抗しているような気がした。柱のかげの中からターミナル・ビル前の明るい広場を見渡した。広場の向いのビルの上では白い太陽を描いた、六十年前の大陸の国旗が小さく、控えめに、だが到着した人の目にも映る位置で、翻っていた。都市の風景の中の一つのディテールのように小さく、だが六十年間の歴史を否定しているように、確実に、その存在を示していた。

これからの一日の移動は、大部分は禁煙だろうと、また「中南海」を二本たてつづけに吸った。吸っているのは、中国共産党の総本部となった皇帝ゆかりの場所の名前を冠したたばこであると、三日前の大陸ではすこしも意識しなかったことを、ひとりで意識した。どちらの国籍でもないのに、大陸の「普通話」も台湾の「國語」もネイティブのようには話せないのに、少年としてこの島から大陸を想像し、大人として大陸へ行ってはこの島を回想する、そしてそのことを日本語で……

「リービさん、タクシーが来たわよ」と温又柔の、日本人に生まれなかったのに日本育ちでネイティブな、日本語の声で呼ばれて、また黙想が中断された。「中南海」をあわてて灰皿に捨てて、七人の道連れが待っているタクシー乗場へ急ぎ足で向った。

中国語が飛び交う車両の中で日本語で話しだしても、まわりの百人の誰も不愉快な表情すら示さない。「中南海」を吸ったばかりのぼくは、そのことに直感的な驚きを覚えて、ある種の贅沢《ぜいたく》も感じた。まわりの反応を気にせずこれほど自由に日本語で話し、日本語で笑う。そのことに甘える人も、勘違いをする人もいるだろうが、ぼくはただ、近年の大陸では味わうことのないおちつきを、発車前の数分間、満喫したのであった。

台北駅の地下ホームから動きだした新幹線は、ドアの上の電光掲示板に点滅する旧漢字だけが違って、車両の内装も座席も日本の新幹線と変らない。板橋《バンチヤオ》、と、奇妙になじみのある名前の駅を通りすぎると、地下から、亜熱帯の光に包まれた都市の郊外に出た。

これからあの台中に向う、という実感はなかった。

実感のない故郷には帰りたくない。

帰りたくない故郷にぼくを急がせる、そのスピード感は暴力的に感じられてきた。

旧漢字の広告をかかげた壁に非常停止ボタンを見つけると、そこへ手を伸ばして押す自分を想像した。

まわりの、全員が自分より若い、中にはかつて大学の教え子だった温さんもいる同伴者たちの、屈託もなく明るい日本語の声を聞いていて、そのうちに自分のパニックが徐々に治まった。

台北から台中へ帰るときは、最も早い特急で四時間以上はかかった。百十一マイルしかないのに。列車はすべて、蒸気機関車の列車だった。ぼくたちは、それが楽しかった。乗務員が配ってくれる布のホット・タオルをよく覚えている。金属の箱に入ったボックス・ランチも変っていて面白かった。

そして何よりも楽しかったのは、列車がトンネルに近づくと、みんなが「イッツ・ア・トンネル！」と叫びだして、窓を全部引き下ろそうとしたときだった。窓一つでも間に合わないと、トンネルごとに黒い煙がそのあいた窓からどっと流れこんできた。

また次のトンネル、そしてさらに次のトンネルで、煙が流れこんできた。

台中に着いたとき、ぼくたちの顔も、Tシャツも半ズボンも、真黒になっていた。

それが面白かった。

We loved that train!


台中の宣教師学校五十年史に収められている同級生の英語の感想文からは、絶頂期のアメリカ帝国に保護された第三世界の小さな国の乗りものをオモチャのように楽しんでいる白人の子供の「愛着」が十分に伝わる。日本語に訳してみると、「布のホット・タオル」が「おしぼり」で、「ボックス・ランチ」が「弁当箱」だとすぐ分る。「引き下ろして」しめる窓も、途中の駅で金属の弁当箱を買うために「引き上げる」窓も、すべて大日本帝国から残されたディテールだったのだろう。同じ時代に安部公房が「月」を「よごれた弁当箱の色」と書いた。金属の箱に白いごはんのあとがついたという近代の色彩が、台湾にもあった。満州にもあったのだろう。

宣教師学校の同級生も、ぼくも、そのことを知らなかった。台北から台中までは、長くてトンネルの多い、優雅な旅だった。

父といっしょに列車に乗ったとき、若い女性の乗務員がおしぼりを渡すとともに、黄色いアルミの薬缶《やかん》からお茶をそそいでくれたのはよく覚えている。父が必要以上に、長い黒髪の乗務員と國語《グオユー》で会話しつづけたことも、五十年間、記憶から消えなかった。

おしぼりで何度も顔と手をふいた。母が待っている模範郷の家に帰れば、黒くなった白い夏の服を、用人《ヨンレン》が洗ってくれるのであった。

台北から高雄までは、一時間四十分かかるんですって、と、大学院生の一人が言った。台中は、その約半分の時間で着くはずだ。現在動いている自分の目には、新幹線の窓に光がみなぎり、その外では、大陸のどの都市の郊外にもある殺風景で新しいマンション群が林立している。大陸と違って、マンション群には派手な色彩は見当たらない。大陸のような無理な感じはなく、大陸よりはおちついているようだ。その代り、大陸の過激な現代史が生み出した「親は餓死で子供は成金」というあわただしい「物語」も想像させない。

新幹線はトンネルに入り、なめらかにトンネルを出た。東海道新幹線のトンネルと変らない。

窓の外を流れてゆく台湾の北西部の風景の中には、日本家屋はおろか、レンガ造りの農家、粘土の小屋は一軒もない。ペディキャブが行き来する細道も、国民党《ナシヨナリスト》の陸軍の不恰好《ぶかっこう》なトラックが海峡沿いの基地に向ってほこりの雲をたてながら走る未舗装のハイウェイもない。

来るんじゃなかった、という思いにもう一度かられて、足の下にある幻のブレーキを踏もうとした。

新幹線はただひたすらに、南への百十一マイルをむさぼった。

やがて窓の外には椰子《やし》の木とキンカンに囲まれたそり返った屋根の農家が現れて、さらに大きな曲線の屋根が翼となり地上から飛び立とうとしているような道教の寺院が見えた。

まだ昔のものが残っていますね、と誰かが日本語で言った。

その声は、ぼくをなぐさめようとしているように聞こえた。言っている人はたぶんそんなつもりはないのだろうが。五十分で五十年の歳月を食いつぶす、この速度を、何とか受け止めようとしたが、無力感という日本語が浮び、powerless、とつい最近まで生きていた父と母からこの島で学んだ言葉も頭の中で響いた。

ホームに降り立ったとき、駅名標が「静岡」や「浜松」ではなく「台中」と書かれているが、そこだけが違って、他は日本の新幹線の駅のホームと変らない、と思った。三車両分ほど歩いたところで、ぼくは立ち止まった。長い階段があった。

階段の下には五十年ぶりの「故郷」が待っている、という思いが浮ぶやいなや、その階段の下から、ざわめきが聞こえてきた。

階段を下りはじめた。一段ごとに、ざわめきの音量が増した気がした。「静岡」にも「浜松」にもない、駅構内の多方向から多方向へ、無数の声がジグザグに交錯する音だった。

階段を半分ほど下りたところで、それらの声が明瞭になった。

ざわめきは方言だった。長い階段をためらいながら下りてゆく浦島太郎の耳には不可解な方言が騒々しかった。

ざわめきは、父が国民党《ナショナリスト》の老将軍たちと話していた國語《グオユー》ではなかった。國語《グオユー》よりやわらか、なのに抑揚がすこし激しいようなざわめきは、「用人《ヨンレン》」と、高い塀の向うの部落に住む農民が話した台湾語だった。

いなかった五十年の間、「用人《ヨンレン》」が市民権を得て、「用人《ヨンレン》」の方言が、もう一つの標準語になったのか。たぶん、そういうことだろう。記憶の中では意味をなさなかった、塀の向うの声が、現実の耳の中で鳴り響いた。ぼくは当惑して階段の最後の数段ですべりそうになった。かかとを失くすのはこんなときなのか、と心の中の多和田葉子にたずねながら、歩調をゆるめて、それからまっすぐにざわめきへ向って、自動改札を出た。

ぼくより先に改札を出た日本文学の一行と合流した。

誰も、どんな感じですか、とか、変りましたか、という軽い質問をしなかった。台湾語のざわめきの中で、かれらも、ぼくも、口数は少なかった。

構内は、「地方都市の新幹線の駅」より広く、混雑していた。東京駅さながらだと大人になってから分った、あのレンガ造りの台中駅は、どこへ行ってしまったのか。

故郷の名前はスピーカーから、國語《グオユー》と台湾語と客家語《ハッカ》と英語の順でくり返し告げられていた。

違う、とか、変りましたね、というようなコメントも何も浮ばなかった。違うのは、もちろん、来る前から分っていた。分っていたのに、わざわざ来ることもなかった、と驚きも郷愁もなく、わずかな空虚感しか覚えないまま、詩人と、新人作家と、研究者と、大学院生たちの前で、ただ黙りこんだ。やがてコンビニの奥にスターバックスを見つけると、早稲田のS君にコーヒーを買ってくれるように頼んで、すこしだけまたひとりになりたい、とニュートラルな口調で言ってかれらから離れると、大きなガラス戸の出口に向った。

強い日差しでざわめきが枯れたように、外は静まりかえっていた。ちょうど駅のうしろで、小さな広場のベンチには、列車を待っているらしい何人かが座っていた。

下から、高架線のホームが見えた。ホームの上の巨大な屋根を支える柱がV字形に天に向って突き出していた。駅舎が自らの現代性を誇示しているようだった。広場から駅周辺を見渡すと、駐車場とドライブ・イン・レストランばかりだった。名古屋の郊外を思い出し、南カリフォルニアの明るさの中の雑多な風景も連想してしまった。すぐ近くの道を走る自動車の流れにしなやかなモーターバイクが多く交じっている、そのことだけは違っていた。

巨大な屋根を見上げながら、ぼくは一人でぎこちなく立ちつくした。駅の大きさにうちのめされたような気分になった。ベンチが並んでいるところに空いている場所を見つけると、そこへ移り、「リービ英雄の台湾の家」について書いた日本語の書物と三日分の着替えが入った小さなカバンをアスファルトの歩道に置いて、腰をかけた。

ぼくの視線が駅の周辺から動きだし、町並の背後に、中腹までマンションが建ち、きらめいている山の尾根にとまった。模範郷からジープで海峡へ走ったときに越えて行ったあのゆるやかな山岳地帯とつながっているのか。

模範郷《モーファンシャン》はどこにあるのか。

とつぜん、となりのベンチに座っていた中年のサラリーマン風の男が、立ち上ってはまたすぐに、ぼくと同じベンチのとなりに座った。
ぼくの顔をじっと見入ると、
Where are you from?
と英語で話しかけてきた。
若い頃、日本の駅前広場に一人でいてとつぜん英語で話しかけられたときのことが脳裏を掠《かす》めた。あの「英会話」のような力んだ感じではなかった。昭和末期によくつきつけられた「あなたの外人性を確かめるための英会話」の緊張感はなかった。そして近年の上海の町角で耳に入る「私の出世の道具となる英会話」という欲張りも感じられなかった。おちついた、自然な口調だった。
ぼくはそくざに、
Here
と答えた。
ためらいもなく、そう答えた。
しかし、here に着いても here という実感はなく、感情を込めていない声だった。

日本の駅前広場で、何度も、here と答えたかったことをぼくは思い出した。駅のガラス戸が開き、数人の旅行者が出てきた。意味不明のざわめきが外へもれた。そしてまた辺りは静かになった。

ビジネスマンなのに日に焼けた中年男の顔には、困惑の表情が横切った。しかし、この島には昔からいろいろな人が住んでいた、島民はみんなそのことをよく知っている、だからだろう、その反応も長くは続かなかった。

ぼくは英語で、五十年前に、here にいた、と説明した。ぼくの home は、台中にあった、と言った。

他人が話しているかのように、アルファベットがぼくの口を離れて行った。暑い空気の中で英語の音節がパチパチと鳴っては消えた。

「五十年」という時間についても、相手は特に驚いている様子はなかった。

久しぶりの Taiwan はどうですか、と中年男が聞いた。

太陽の下で連なる山を越えてゆく道はやがて海岸に着く。海峡の向うには大陸がある。眩《まぶ》しくも新しい風景の中でそれだけは確実だ。

一瞬考えこんでから、

China のようだ、だけど違う、とぼくは答えた。

台湾人はそんな言い方をよろこぶのか、相手の日に焼けた顔には満足したような笑いが浮んだ。

ぼくの家の、その方向すら分らないまま、中年男の顔から、もう一度遠くを見渡し、山の尾根を目でたどった。山の尾根とそれを見ている自分の間に、ズレが生じたような軽いめまいを覚えた。

here には here がない。

中年男が腕時計に目をやって、また立ち上った。

ものものしい駅のきらめいているガラス戸へと歩きだしたとき、座ったままのぼくに、おおらかな英語で、

Welcome home

と言った。

梅川《メイチユアン》、という名前は、記憶になかった。あるいはあの時代には家の誰も教え

てくれなかった。当時は町の外れにあったどぶ川に名前があることを知らなかったのかもしれない。そのどぶ川の上に木の板を五、六枚敷いただけの橋がかかり、その橋を渡ったところで「模範郷」が始まった、ということははっきり覚えていた。

二十軒か三十軒ほどの日本家屋が横丁に並ぶ「模範郷」を過ぎると、もう一つ、さらに小さい木の橋があった。木の橋の下の川ぞいでは毎日、女たちが洗濯物を石の上で叩いて洗っていた。その先では大きな日本家屋がなくなり、レンガと粘土の、大きさが六畳一間、八畳一間の農民の家だけが点在していた。

田んぼを分けるようにしてまっすぐに延びるその道をジープで走ると、ゆるやかな小山へ登っていった。途中で「日本人《ルベンレン》」が残したという崩れかかった要塞を通りすぎて一時間が経つと、その道は確かに海峡の浜辺にたどりつく。

海峡のはるか向うの対岸には「大陸」がある、と聞いた。だが、その大陸は上陸禁止だった。

タクシーの中で日本語が鳴り響いている。

梅川《メイチユアン》も木の橋も、その面影すらなく、ただ低層マンションの並びと、ところどころには新しそうな商店街がつづいていた。

笹沼さんから、翌日に行われる会議の冊子を渡された。

冊子の表紙には、

東亞的現代文學和「邊陲」的語言

というタイトルが書かれていた。

「和」が「および」で、「邊陲」が「周辺」のことだろう。冊子はすべて繁体字で印刷されていた。大陸にも日本にもない文字、だが二千年以上、朝鮮もふくめて「東亜」共通の文字だった、その「旧漢字」によって現代文学の先端を探索している。GHQ以降の日本でも毛沢東以降の中国大陸でも見かけないような表紙に、「李維英雄」と記された自分の名前と、「東亞細亞中的我」という基調講演の演題が書かれていた。

窓の外では、おぼろげな記憶もある、亜熱帯の植物の明るい緑色と黄色の枝と葉群れも現れたが、すべては三階建て、五階建てのマンションの、その一階にはドライブ・イン・レストランとビデオ・ショップとコンビニの、変質した風景がえんえんと流れて行った。

その風景から目を逸《そ》らそうとして、「東亞的現代文學」の冊子のページをめくってみた。この日に備えて新宿の部屋でぼくが書いた短い日本語の文章が載っていた。


スウェーデンの映画監督ベルイマンは、芸術のインスピレーションが自らの子供時代との記憶の回廊に存在する、と言った。ぼくの子供時代の記憶の場所は、台湾であり、台中という町である。三百年にわたって有機的に近代化を果たした西洋と違って、たった二十年か三十年でその場所はすっかり衣替えしたようだった。しかも、その場所の中でぼくはそもそも異国人だった。文化、言語、経済、そして国際関係の激変によって回廊がゆがみ回廊が閉ざされる危険は、東アジアに在する作家たちの共通の体験なのだろう。

記憶の回廊、あの「台中」の鮮やかなイメージを何とか保つために、もはや半世紀間、そこをたずねることをぼくはためらってきた。しかし近年となってようやく「文学のロケーションとしての台湾」を国際的に論じる批評家・研究家たちが現れた。かれらの仕事に勇気づけられることもあって、1960年にアメリカの少年として離れた回廊の発生地に、2013年に日本語の小説家として来ることにした。

梅川《メイチユアン》も木の橋も地上から消えていた。木の橋があった場所から遠ざかりながらまっすぐ延びるハイウェイは、記憶の回廊にもならず、あるべき回廊の遺跡にすぎない。自分の幼年期の道の遺跡を、考古学者が元の形を推測しようとしているように何度も目を細くして窓の外を眺めては、また冊子に書かれている古い文字に視線をもどした。

ぼくは三日前まで、大陸にいた、とぼくが大陸の「普通話」で言った。

相手は、ぼくが大陸にいたことを受け止めたらしく、大陸の普通話《プートンファ》とほとんど変らない、よどみのない國語《グオユー》で答えた。

台湾には好ましくない面もたくさんある、だけど、人権と、言論の自由だけは、しっかりと守られています。

大陸では、北京の知識人であろうが河南省の農民であろうが、初対面の外国人にはまずそのような言葉を使わない、と思いながら、
あなたの中国語は本当にきれいで分りやすい
と言った。

初対面の中国人に対して、それは失礼な言い方だろう。しかし、レストランの円卓の向うに座り、先ほど紹介された四十代の、褐色で聡明《そうめい》な顔の作家は「中国人」ではない。

原住民のタイヤル族なのである。

日本の植民地時代に、「首狩り族」、ぼくの子供時代に、山に入ると出会うこともあると母から聞いていた「ヘッドハンター」と呼ばれた、その部族の人なのである。

学校の先生もしている、だから國語《グオユー》はきれいでしょう、とあとで東海大学の誰かが教えてくれた。

そのワリス・ノカン氏は、二週間前に台湾の雑誌で津島佑子さんと対談をした、といった。現代日本文学の中で台湾を「再発見」した先輩作家の名前を聞いて、その津島さんの作家団体と一緒に八年前に台湾に「帰った」とき、もう一人、タオ族の小説家、シャマン・ラポガンさんと座談会の席でぼくは話した。台湾という領域の奥まで初めて入りこめた実感をそのときにぼくは味わった。

二十世紀後半の多くの外国人と同じく、ぼくは「本省人」と「外省人」だけで台湾を理解していた。元の台湾人に会い、その作品にも触れたことによって、「台湾」を書きながらも実は「台湾」を知らなかった、という反省も、あのときに生まれた。

子供は自分の家を選べない、と同時に、その家に出入りする大人たちの、その家が所在する国についての意識も「選択」することができない。「大陸を奪還する」ための砦と化した島では、原住民などはエキゾチックな細部でしかなかった。台中に帰った日の、その夜の宴会の席で、台湾の「現代」が鮮明にぼくの前に現れた。

「山に入ると出会う」と大人たちが噂していた、古来の台湾人の末裔《まつえい》が、北京の知識人と変らない言語で雄弁に話す。同じ現代人としての知性を感じながら、半世紀分の、近代化の下で埋《うず》もれた、よそ者の自分の家の記憶は、歴史の中でいったい何の価値があるのか、という疑念に駆られた。

会話が弾めば弾むほど、その思いが深まったのである。

「我《ウオー》」、と言いだした。

ぼくの「奇怪的」中国語について、まずは、大陸の、しかし四声がいまだにはっきりしない普通話で、謝罪をした。

大陸の農村に旅をしても不自由はしない、しかし本日の学会にお集まりのような「知識分子」の前で話す自信がないので、日本語に切り換えます。

実は、という日本語が自然に口から出た。実は、四日前に、大陸の一人の農民に、ぼくは台湾に行くのだ、と打ち明けた。少年時代の家があった半世紀前の台湾の面影を求めてあなたたちの村にやってきた、ということも話した。『大陸へ』というノンフィクションにも登場した、まさに大陸の奥地で生きる農民なのだが、その人は、言葉よりも表情でぼくの話に納得したようだった。

そのことを台湾の方々に報告したかった。

東海大学の「求真庁」（正式には「求真廳」）という講堂にあるホールの、うしろの窓から、子供のぼくの白い肌を茶色にやいたのと同じ光線が流れこんでいた。その光線がとめどなく、管さんと温さんと二人の大学院生と、アメリカから参加したクレーマン先生とスコット先生と、二百人の台湾の大学生と教授の頭の上で縞模様を作った。

大陸の無名の農民から、いきなり、戦後日本文学の最大の作家の一人へと話が変るんですが、と日本語の講演だからこんな飛躍は許されるだろうと思いながら、話しつづけた。

中国大陸へのまだ二回目か三回目の旅でしたが、東北、いわゆる「満州」に出かけて、そこにあったという安部公房の少年時代の家を、ＮＨＫのドキュメンタリー番組で、安部さんの遺族の方々と一緒に、見つけに行きました。

ぼくの横から、通訳する声が耳に入った。「ＮＨＫ」はそのまま、「日本《ルベン》エヌ・エイチ・ケイ」だが、「安部公房」が「アン・ブー・ゴン・ファァン」と鳴り響いた。

安部公房が亡くなった、確かその翌年だった。「満州」の中の大都会、奉天の当時の地図を安部公房の娘さんが日本から持ってきた。葵町、とか、千代田小学校という、大陸の北方の風土とは異質な地名をたよりに、現在の瀋陽の、凍りついた歩道を歩き、そして安部さんとよく似た顔の安部さんの弟さんの記憶で、旧日本人街の中の、安部公房の少年時代の家を見つけた。

「安部公房的家《アンブーゴンファンデジャー》」という通訳の声がまたぼくの耳の中でこだました。

安部公房の家は、あった。

しかし、まわりの旧日本人街の大部分はすでに解体現場となっていた。古代都市の遺跡さながらに、玄関しかなかったり、かつては畳が敷かれていた部屋の、漆喰《しっくい》の壁だけが残ったり、あとはガレキの荒野と化していた。

その中を、安部公房とそっくりの、安部公房の弟がゆっくりと歩いている姿を撮影していた。「反日」が盛んに叫ばれる前の時代、近くの子供も駆けつけてきて、遺跡の上の日本語の会話を、ただめずらしそうに聞いていた。

地平線の辺りでは、冬日の白くて不確かな空の下で、新築の高層マンションが並んでいた。

監督の質問に対して、安部公房の弟は、「ええ、これは故郷です」と言った。戦前に生まれた日本人男性のことだから、たぶん泣いてはいなかった。だが、涙が出てもおかしくないほど深い感情がその声の中から伝わっているように、脇でうかがっていたぼくには聞こえた。

文化とも、言葉とも、半世紀分の現代史ともつながりのない場所に、「故郷」があった。

あの「満州」の、最後の解体現場の、足もとのガレキも冷たい荒涼たる風景の中を、「故郷」とのズレを出発点にした世界文学の大作家の遺族と一緒に歩いた。

そのとき、ぼくは「満州」とは正反対の、亜熱帯の島の風景を思い出した。台湾の、ここ、台中の、町の外れにあった、同じ帝国が遺《のこ》した、陽が照りつける旧日本人街を思い出した。「故郷」という日本語をぼくは知らなかった。だがそこには、ここには、確実にぼくの家があった。

「帝国《テイグオ》」、「故郷《グーシヤン》」と、自分の声が二重になったように、國語《グオユー》に通訳された。

模範郷《モーファンシヤン》、と少年時代に耳にした発音のままで、カッコ付きのぼくの「故郷」の名前を、言った。その「故郷」を創った日本人は「もはんきょう」と命名したはずだが、ぼくには「モーファンシャン」か、Model Villageというアメリカの地名としてはとても異質な、「東洋的」な秩序を明示しているような、不思議な英語名しか知らなかった。

Model Villageは、特に少年にとっては、「現実にない、プラモデルの村」という意味にもなる。

きのう、台中に着いてから、東海大学の先生方から聞いたのだが、ここ現地では「模範村」という人もいるようで、また、半世紀間の近代化によって拡大した大都会にのみこまれて「模範街」とも呼ばれているらしい。

しかし、ぼくの家があった旧日本人街は、農村ではなかった。そして五番街のような都市の一角でもなかった。

「模範」という近代の発想に、「郷」。故郷の「郷」でもあり、桃源郷の「郷」でもあった。満州の町と同じように、近代主義にユートピアの夢想。模範郷なのだ。だからこそ五十年間、そこはぼくの記憶の中で生きてきた……。

作家として呼ばれたといえども、学会の基調講演でここまで私的な内容を話していいのか、と急に考えだした。数秒間、ぼくはとまどい、そして黙りこんだ。

郷《シャン》、故郷《グーシャン》、郷《シャン》とその間通訳の声が自分の日本語より大きく、求真庁の隅から隅まで、響き渡った。

ホールの五列目にいた、原住民作家のワリス・ノカン氏がその通訳の言葉にうなずいているのが目に入った。勇気づけられたように勢いがついて、もうすこし、二百名の現地人の前で、ぼくの家の話をした。

話しているうちに、五十年前に高い塀に囲まれた庭で聞いた英語の歌の歌詞の思い出がかすかに、頭の隅で甦ってきた。

さすがに学会の演壇ではそのことは言えなかった。

東海大学から海は遠くない、という理由で、まずは台湾海峡の海岸を見て、それから模範郷へ行こう、という日程になった。

求真庁の裏にある駐車場で二台の車に乗り、ゆるやかな山道をいくつかたどり、三十分も経たないうちに海沿いの農村に着いた。反り屋根もある新築の農家が、大陸の農村のように密集して固まるのではなく余裕をもってゆったりと点在している。その先の階段を上まで登ると、海峡が見えた。

少年時代に父のジープで行ったその海岸は、昔と違って有刺鉄線が取り払われて、石ころが多めの、しかしごく普通の海水浴場のたたずまいを呈していた。早春には遊泳客はいなかった。海峡の向うには「大陸」がまちがいなく在るのだが、その「大陸」に四日前までぼくは当然のようにいた。

海峡の沖には、哨戒艇《しょうかいてい》も見当たらず、何隻もの貨物船が、千葉県の沖さながらに静かに、平和に、ゆっくりと行き来をしていたのであった。

『星条旗の聞こえない部屋』の中で、この海岸に止まったジープの後部座席から、父と、大陸から亡命してきた女の姦通《かんつう》を目撃した少年を描いた。

対岸の大陸から寄せる波がとめどなく島の磯にくだける。

ジープから逃げるように降りて、海岸を一人で走りだした少年が、やがては海沿いの部落の子供たちに囲まれて、台湾語で「外国人」と怒鳴られる。

その事柄をすでに日本語の小説で書いたぼくが、ただ早春の海岸の静かさの前に立ちつくした。

少年時代の物語は今さら書くことはないだろう。だから同じ場所に立っても、大陸と島と海峡を、近代の小説の前からあった根元的な図式のように思い、ほとんど抽象的にその風景を感じた。

海岸に立つぼくの姿を、遠くから監督がビデオ・カメラにおさめているのが、視界の端に見えた。

もういいでしょう、とつぶやき、海水浴場の、すこし南に位置するもう一つの石段に向ってぼくは歩きだした。

二人の大学院生がいっしょに歩いてくれた。

石段の途中で、海峡の方を最後に一瞥《いちべつ》した。黙ったまま石段を登りつづけた。

登りきったところでは、目の前に土が小さく盛り上がっている、何十もの塚が目に入った。

砂丘ではなく、部落の墓地なのである。

模範郷の奥に、小川に沿ってこのような墓があったのを、ぼくは思い出した。

墓石の前で「死床」のように土が長方形に盛り上がっている。

写真もあるんだ、と一橋大のH君が小さな声で言った。

「旧漢字」の名前と、白黒の写真が刻まれている何十もの墓石と塚に、三人で近づいた。

近づいていくうちに、墓地の中ほどに、他の塚より土が高く盛り上がっているところがあるのに気がついた。

最初は、村長や、偉い役人の墓かと思った。

「コンクリートだ」と一人の大学院生が言うと、もう一人が驚いた声で、「塹壕《ざんごう》じゃないか」と叫んだ。

ぼくは塚のすぐ前で立ち止まってじっと見入った。

「高いところの塚」は、コンクリートで、いくつもの細長い穴があった。穴はみんな海峡の浜辺に向いている。

少年時代にも、父のジープから見たのか。機関銃を掃射するためのものだと分った。

墓地の下に兵士を隠している、ということなのである。

大陸から、海峡を渡った人民解放軍が、台湾の「人民」を解放するつもりで海岸から上る。農民に歓迎されると思いこみ、最初の部落に進入した瞬間、墓地の中から襲撃される。

死者たちが生者たちを殺すように。

「こんな発想は日本人にはないでしょう」

と早稲田のS君の声が塚また塚のその土がうねる上で小さくこだました。

解放するつもりで上陸した、大陸の農民の青年たちが島民の死者たちに殺される。

ぼくの家はそのようなところにあった。

阿片《あへん》戦争から始まった、億単位の人を巻き込んだ、百年の殺戮《さつりく》の、その歴史の末の時間の中で、たかが父の姦通、たかが親の離婚、ぼくの家族の小さな物語があった。

現にあるのか、ないのか、どちらでもいいから、早く模範郷へ行きたくなった。

海峡から内陸へ、台中の郊外に向って車が速度を上げた。

山道を過ぎると、いつの間にか、その前日、新幹線の駅から通ったのと同じハイウェイを逆に走っているのに気がついた。

消えた回廊の遺跡の、その両側に現実の低層マンションと旧漢字の看板をぎっしりとかかげた商店街と、ファミレスとコンビニが密度を増した。

車は、梅川《メイチユアン》があったという、その場所の近くに止まった。

この辺りが梅川《メイチユアン》でした、と東海大学の黄淑燕先生が流暢な日本語で教えてくれた。実際は分らないが、梅川とはいかにも日本人が付けたような名前だ、とぼくは思った。

旧日本人街に近づいた、という実感がした。

そしてたぶん、梅川《メイチユアン》だった、どぶ川の狭いほとりに沿って人力で走っていたペディキャブでぼくが宣教師学校に通っていたことを思い出した。

その梅川《メイチユアン》は、地上から消えていた。名前だけが残る、埋められた川の上が道路となり、その川の流れが緑豊かな分離帯となっている、と黄先生がまたなめらかな日本語で説明しているのも耳に入った。

車のフロントガラスには、「郷」とか village のゆったりした空間はどこにもなく、旧漢字のネオンサインを詰めた都会の密度だけが映っていたのであった。密度の中で行き来する人たちの表情には、地方都市の余裕も感じられる。なのにかれらを包み込み、またフロントガラスに射《さ》し込んでくる光は、過酷だった。梅川《メイチユアン》、と黄先生が言う場所の近くでうしろの車も止まった。二台の車の中から八人が梅川《メイチユアン》だったという道路の脇の歩道に下りた。下りた瞬間、太陽がぎらっと光った。八人が話す日本語の声が歩道のあちこちで響く台湾語にうちのめされることもけっしてなく、自然に交じっているように、ぼくには聞こえた。

温又柔に、かつて大学院で彼女に何かを説明していたときの口調で、たぶん、この辺りで孫文の顔を描いた札のこづかいで買った地元のアイスクリームを食べて、その結果猩紅熱《しょうこうねつ》にかかった、という話をした。そして六歳のときに自分の愛犬が中国人に食べられてしまったことも、打ち明けた。「六歳のカルチャー・ショックですね」と温又柔がぼくの動揺を和らげようとしてくれたのか、そんなことを言って笑った。

いっしょに笑えないぼくが、黙りこんだ。

この場所なのか、本当にこの場所なのか。

日本語を知る前のぼくに、この場所で、そんなことが実際に起こったのか。

梅川《メイチユアン》だったという、大きく曲りながら延びる道路の、その緑いっぱいの分離帯が途中で途絶えた。そこは、台中の中心街から郊外に向う大通りが梅川《メイチユアン》を渡るところで、そこからは町の外へ、最後は海の方へとつづく、と黄先生が持参した一九七〇年代の地図を見ながら、何とか把握することができた。

つまり、分離帯の途絶えた区間が、梅川《メイチユアン》の上にかかった木の橋だったのでしょう、とぼくが言った。たぶん、そうだったのでしょう、と黄先生が明るい声で答えた。

どぶ川の上に板を四、五枚敷いただけの橋に、アメリカ軍のジープとトラックがあぶなくも乗りかかり、その間をぬって水牛の荷車と、国民党の裕福な奥さんたち、太太《タイタイ》を乗せたペディキャブが走っていた。

英語と國語《グオユー》のかすかな記憶の中の木の橋に加わり、ぼくが日本語でここを描いた文章も断片的に浮びあがった。

あまりにも変質した場所なのだが、「おそらく」以上に、この場所だった、と分った。そして急にぼくの方がリードを取るように、まっすぐ行けば右に曲る大きな道があるでしょう、と同行の七人に向って、自分でも驚くほど自信に満ちた声で、言った。

異質な、異質な町並をにらみながら、そんな異境の中でネイティブの案内人に変身したような足取りで歩きだした。十メートルほど進んだところに、案の定、右に曲る、大きな道があった。

「郷」が「街」に変った。広いのに舗装されていなかった道がとっくに舗装されて、そこにマンションが並び、角にはコンビニの看板が見える。だが模範郷の大通りのどの角もその奥には横丁がある、そこは変らない。

大通りと、その両側に横丁、という図式だけが残っていた。

ぼくの先導で右に曲った八人は、またぼくの指示で、一つ目の横丁を通りすぎて、右側の二つ目の横丁に踏みこんだ。

一階にコンビニのある角のマンション・ビルから入った横丁の奥、そこでは四軒目に石の塀が目に入った。塀は人の背よりすこしだけ高かった。記憶の中の「高い塀」ではなかった。塀の中には、外壁のペンキのはがれた木造の平屋が廃屋となっていた。

これは違う、とぼくは振りかえった。温さんと一橋の大学院生H君が目だけでうなずいた。

黄先生が横丁のつきあたりまで行き、横丁と、梅川《メイチユアン》だったはずの通りが交差するところに建つ古そうな八百屋にたずねようとした。

八百屋から六十歳近い、日にやけた男が出てきた。

昔は、みんな日本式の家だった、と老人が台湾語でそのようなことを言っていたらしい。

梅川《メイチユアン》があった頃には……チョーともチャオとも聞き取れる言葉が老人の口をついて出た。「橋」のことだろう。

ぼくは老人に普通話《プートンフア》で話しかけてみた。

私はここに住んでいた。私は、あなたを知っているかもしれない。

しかし、老人には普通話《プートンフア》も國語《グオユー》も通じなかった。

老人は、高い塀の外の、台湾語の幼い声の持ち主の一人だったかもしれない、その可能性もある。

老人の台湾語を通訳してくれる黄先生の日本語の声が横丁の奥でひたすら響き、横丁から梅川《メイチユアン》だったという道にあふれ出した同行者たちもその声に聞き入ろうと黙りこんでいた。

廃屋も見当たらず三階建てのマンションが並ぶ横丁の左側を指して、あちらも昔、日本式の家があったのか、と普通話《プートンファ》で聞いた。大陸の言葉による質問を、黄先生が台湾の現地語に移し換えた。

ありました、とまた黄先生が老人の答えを通訳した。

音もなくビデオ・カメラが廻っていることをほのかに意識しながら、廃屋が残っている場所とは反対側のマンションへと足が動きだした。そしてそのまま横丁の入口の方にぼくはもどろうとした。

が、五メートルほど歩いたところ、そのマンションともっと新しそうなマンションの間にさらに細い路地があるのが目に入った。

路地は、路地というにはあまりに狭かった。

日本家屋の、となり同士の間にそんな細い空間があったのか、と急に想像が走りだし、マンションとその横のマンションの間の細道にぼくはおのずと踏みこんだ。

他の七人が遠慮がちに二、三歩下がってついてきた。

細道を、ぼくは一人で奥まで歩いた。背後の足音が止まっていた。七人は誰も、ぼくのあとをついて来ようとしなかった。

細道のつきあたりにまでたどりつこうとしたとき、そこには古い石の塀と、その塀の中央あたりに小さな門があるのが目に入った。塀はそれほど高くもなく、門も、奥の家の勝手口なのか、小さかった。

耳のうしろでまたかすかに日本語が聞こえた。

何もない、と振りかえって日本語で報告しようと思った。

その瞬間、小さな門の下には細い側溝があるのにとつぜん気がついた。側溝が塀に沿っていた。

そして側溝の上に、人がそれを渡り門に入れるように、曲線の石の橋がかかっているのも、分った。一人しか渡れない、実に小さい石の橋だった。

側溝の中には、半世紀前のオタマジャクシが泳いでいる、と思いこみ、近づいて行った。

しかし、側溝の中にはもはや水が流れていなかった。

古代の水路のように、水はたぶん何十年も前から涸《か》れていたのだった。

側溝と門と、日本の地方都市の家の門の前にも見えるような、石の橋を、ぼくはじっとにらんだ。

そして、何語にもならない、ここだった、というその感覚だけが胸に上がった。

暑苦しい空気の中から滲み出たように、英語の歌詞が甦った。

背後の日本語の、遠慮深いささやき声をかき消すように、
I give to you が聞こえた。

間断もなく、
and you give to me も聞こえたような気がした。

ここだった、という場所で現に聞こえたのではなく、何十年も夢の中で聞いていたことを、ただ急に思い出したのかもしれない。

その瞬間か、次の瞬間に始まったのか、自分でも分らないが、側溝の上の石の橋から振り向いて、日本人と台湾人がぼくを見ていないふりをして固まっている細道の途中までもどったとき、目のあたりだけではなく顔のいたるところを涙が濡《ぬ》らしているのをようやく意識した。

戦前に生まれた日本人男性ではなかった。

急に大人から平手打ちを食らった小学生のような泣き面の、隠しようのない細

長い空間の中で、明治大学の教授と、若手小説家と、東海大学の研究者と、早稲田と一橋の大学院生たちと、リービ英雄論の著者と、ぼくの姿をビデオ・カメラにおさめている監督の、触れるほどすぐ横を通りすぎて、細道の入口まで一人で歩いた。

I give to you

その歌詞が勢いづき、

and you give to me

とうるさく、くりかえしくりかえし、空気の中で鳴り響いた。

一人で横丁にもどった。そのとき、小さな手が自分の背中に当ったのを感じた。温又柔がその手で、温又柔より一回り大きいぼくの、白人の背をなで始めた。

すみません、お母さんの五十年の淋しさを、急に、とぼくが言いかけた。

言語化する必要はないのよ、と温又柔が言った。

先生が弟子に言うべきことを、教え子だった三十歳下の女がぼくに言うのだ。

一分ほどそのまま立ち止まった。

大通りから入りこんできた横丁の、向う側の廃屋とマンションを見渡した。

横丁が、模範郷の大通りと交差するその角のマンションの一階に、ファミリーマートの英語の横に中国語を記した看板が目に入った。

家族崩壊の場所に何でファミリーマートを作るんだ、と老人さながらに憤慨した口調の日本語でぼくがつぶやいた。

しかも中国語で「全家」だって、と温又柔が神経質な笑いをもらしながら言った。

Family Mart の横には、確かに、「全家」と書いてあった。

ぼくは九歳の少年のように目をこすって見た。

横丁の明るい日差しの中で「全家」が浮いていた。

記憶の袋小路から久しぶりに抜け出したような軽さを、熱いアスファルトの上でふらつく足の底から感じながら、ぼくも笑った。

横丁の角から、模範郷のメインストリートだった大通りをまた右に曲り、ぼくが歩きだし、七人がついてきた。

マンションと、またコンビニと、一、二軒の日本料理屋もある「模範街」を歩きながら、横丁ごとにその角地を大きく占めていた高い塀の中の木造平屋を思い浮べた。

島の現実と大陸の夢想、英語と國語《グオユー》と台湾語が巷に響き合う、すべては「日本《ルベン》人《レン》」が創った、少年にとっては巨大で無限に広がる「郷」だった。なのにその場所を五分も歩けばその最後の横丁の角にたどりついてしまう。

もう一度、たぶん、ここだった、とぼくが言った、その横丁に入り、二軒目だった「ぼくの家」がもはや存在しないことがすぐに分った。日本語の小説で書き、日本文学で「家」が出てくると必ずそこを連想し、そして、五十二年間「家はどこなのか」と聞かれたらそこだと答える、模範郷で住んでいた最後の家は、予想したとおり、地上から消えていた。

三階建てのマンションとなった「ぼくの家」の脇には、庭だったかもしれない、雑草に覆われた空地が見えた。が、色とりどりのガラスの破片がきらめく高い塀に囲まれた、池と築山とキンカンの木のあった庭の一部だったかどうかは、分らない。マンションの住人に聞いても誰にも半世紀前の記憶はなかった。

予想をしていたことだから、特に失望をすることはないだろう、と自分に言い聞かせながら、梅川《メイチュアン》の遺跡で車を下りてから目の前に現れた新築マンションの連続の、また一つにすぎない建物の前で立ち止まった。

いつかこの場所にもどるのか、もどらないのか、半世紀も考えつづけてきた。なのに、この場所の前に立ってみると、喜びも悲しみも、喪失感すらなく、ただ「場所」の墓の前で敬意を払うように、静かに立ちつくしただけなのである。

何も言わないぼくに、笹沼さんがそっと寄ってきて、

「もうそろそろ紀念館で予約した時間が近づいてきました」

と言った。

塀は外から見えないほど高かった。

塀の中で台湾なまりの早口の國語《グオユー》で、管理人の男が「中華民国の英雄」の話をしていた。

塀の上では色とりどりのガラス片がきらめいていた。

……そしてあなたがた日本人が「満州」と呼んでいた東北部では、紅軍、つまり八路軍のあの林彪《りんぴょう》も、国民党軍百万人は恐くない、だが孫将軍の部隊だけは簡単に手を出さない方がいい、と敵ながらそのように賛辞を送っていた。

孫将軍が、あまりにも優秀だったからでしょう、台湾に引き揚げてから蔣介石の恨みを買い、その結果、この家に三十二年間、監禁状態となりました……

はじめて聞く難しい内容を、それでもがんばって通訳してくれる黄先生の日本語の声が、塀に囲まれた広い庭の中で小さく聞こえた。庭には花もキンカンも植わっていたが、池と築山はなかった。

管理人がまた演説調の國語《グオユー》で話しだした。國語《グオユー》に重なる日本語の説明がまた、長々とつづいた。

国民党の歴史を聞きに来たんじゃない、と一橋大のH君が不平をもらした。ぼくも、なぜ笹沼さんがわれわれを「孫立人将軍紀念館」に連れてきたのか、よく分らなかった。

しかし管理人の次の言葉で、分った。

……失脚した将軍が監禁されたのが、私の背後にたたずむ広い平屋ですが、その家は、元々は日本人が建てた家であり、植民地時代には台中の、日本人の市長の家宅でした……

庭に面している紀念館のうしろの方へとゆっくりぼくの目が動いた。

そして家から庭に下りる二段だけの石段にその目が留まった。

それと同じ位置の、同じような石段にぼくはいつか座ったことがある。

石段の上には、横に並んでいるガラス戸が見えた。ガラス戸の奥には、黒光りする板の廊下がうっすらと見えた。

まさかにもオーマイゴッドにもなる感嘆がのどの奥に上がろうとした。

ぼくは、

自分の家です

と言った。

自分の家と同じです、と言うべきだったが、もう一度、

たぶん、自分の家です

と庭に流れこむ豊饒《ほうじょう》な日差しの下で管理人の説明を聞いている一行に聞こえるほど、大きな声で言った。

笹沼さんが管理人の説明を途中で遮り、「紀念館」の中まで拝見してもいいですか、と國語《グオユー》で頼んだ。
「紀念館」の前の方へ全員が廻った。管理人が玄関をあけると、靴を脱ぐ土間に踏みこんだ。
　板の廊下に上った瞬間、
　ぼくの家と同じです
とさっきよりも確かな声で言った。
　本当に同じですか
と監督の大川さんが、ぼく以上に興奮した声で聞いた。
　上ってすぐ右に、父の書斎が見えた。廊下の奥の、母が、知的障がいをかかえていた弟といっしょに寝ていた部屋も分った。
　間取りは、まったく同じです
とさらに厳密に、ぼくが答えた。
　廊下を右へ曲ると、ガラス戸越しに、庭が見えた。廊下をはさんで、十二畳ほどの洋間があった。

廊下は同じだった。洋間も同じだった。床の間まで同じだった。

庭に面したガラス戸の長い廊下のつきあたりにある部屋も、畳こそ取り払われていたものの、ぼくの寝室と同じだった。

国民党の政治的な争いのおかげで、模範郷時代にあった日本家屋が唯一そのまま保存されることになった、と連れの誰かが誰かに説明をしている、その声を遠くに聞きながら、洋間に残っている、短波放送の大型ラジオの、そのそばの竹編細工の椅子にぼくは腰かけた。

「日本人《ルベンレン》」が残した、78回転レコードの「支那の夜」はここで聴いた。母語も話せない弟がそのまねをして、「しな、しいな」と唱えていた。

実際に起きたことなのか、小説で「書き直した」ことなのか、分らなくなった。確かに「支那の夜」は、これと同じ部屋で聴いたはずだ。竹編細工の椅子に座り、黒光りする廊下のガラス戸越しに、築山と鯉のうろこがきらめく池を眺めながら、さまざまな声と、歌声を聴いていたことは事実である。

そして十歳のある夜、土間を上ってすぐ右の、漆喰の壁に楊貴妃のポートレートが掛かり棚には漢籍が並ぶ父の書斎に呼ばれて、母と弟といっしょにこの家とこの島を出て他の国に行くのだ、と宣告されたのも、これと同じ家の、同じ場所だったに違いない。

あの夜から、五十二年が経っていた。

五十二年ぶりに「自分の家」に帰れる人はそうたくさんはいないだろう。

立ち上って、一人で、間取りの中をぼくはさまよった。

なぜそうなったのか、その理由を何語にも言語化できないまま、部屋から部屋へ足を運ぶぼくは、冷静そのものだった。


最後の夜、原住民作家のワリス・ノカンさんがぼくたちにご馳走するために、山中にあるという自分の村に招待してくれた。

台中の市街から、海とは反対方向の、東の郊外をめざして出発した。訪台メンバーの大部分がすでに日本へ帰り、一台のミニバンには残りの東海大学の先生たち、大学院生と大川監督とぼくが心地よく乗っていた。

台中の郊外を出るといくつかの小さな町を通りすぎた。アーケードの付いた古い商店街の町は、中国大陸よりも日本の田舎町を連想させるものだった。

ミニバンはすこしずつ山に入った。

「山に入れば首狩り族《ヘッドハンター》に出会うかもしれない」という母の言葉をぼくは思いだした。

黄先生は、台湾の古代は今の台中を囲む平野の、海岸線に至るまで原住民の帝国だった、という話をした。大陸から寄せてくる人の波によってその国が滅び、原住民が山の奥へ押しこめられたという歴史は、道が曲るごとに勾配が上り山地に入って行くのだという実感を味わいながら、十分に想像することができた。

午後がたそがれに変ろうとしている頃にぼくらは台湾の「奥の院」にたどりついた。崖の上に、ワリスさんの部落があった。崖の背後にはさらに高く鬱蒼《うっそう》と樹木が繁った山々が荒々しい山水画のようにそびえ立っていた。

奥へ奥へと重なる山の時間の中で、「国民党」も「大日本帝国」も「戦後のアメリカ」も吸いこまれていった。

崖の上の平らな土地に何軒かの近代的な家が建ち、ワリスさんが教鞭を執っているという学校もあった。

明瞭な國語《グオユー》を話すワリスさんとは、話が弾んだ。遠慮がすぐに解けて、ぼくは次々と質問をした。

元の台湾人が案内してくれる村の中を歩きながら、

かつての「首狩り」についても、思い切ってぼくは聞いてみた。先祖たちにとっては儀礼の厳粛な意味があり、「力」をもらうものだった。ほとんどの場合は、争いごとを裁定するために行われた、とワリスさんは丁寧に答えてくれた。

建物はそれほど古くないコンクリートのものが多いのだが、家は本来、どういうものだったのか。

部落を背後から囲むように、右にも左にもそびえる山をワリスさんが指した。たそがれの光の中で青とも黒ともつかないシルエットとなり、その斜面が円錐《えんすい》の傾斜を思わせるけわしい山ばかりだった。

「家」というのは、山の斜面に建てた小屋だった、とワリスさんがまた丁寧に教えてくれた。

「家《ジャー》」は、ぼくの耳の中で home よりも日本語の「家《いえ》」と響いた。

そして家父長が亡くなると、「家」はつぶされて、そのまま墓となり、残った家の者がまた違った山に移り、もう一つの「家」を建てた。

ワリスさんの口をついて出る言葉を聞きながらぼくは斜面を見渡した。

一万年の夕闇がせまり、山々は黒ずみかけていた。

本来の「家」というものが、そんな場所に建ち、そんな場所で崩壊することを、ぼくは想像した。

家がとつぜんつぶされて、見知らぬ山に新たに移されたとき、その家の子供はどんな心情になったのか。

その家の子供は、迷いを感じなかったのか。

脳裏に浮んでは離れようとしない、その質問を、ぼくはついに口にしなかった。

宣教師学校五十年史

砂利が交じった土くれの細道を跳ねながら急ぐ、人力車の前に自転車を付けた乗り物の、ペダルを漕ぐ車夫の力んでいる背中のすぐ後ろの竹の座席に、ぼくは座っていた。たぶん六歳だったぼくの目には、プロジェクターがこわれて画面ががたがた揺れる映画のように、どぶ川の向うの、粘土と木とレンガの農家の並びも跳ね上がるように映って流れて行った。

揺れる風景の中に工事現場が現れた。竹で組まれた足場を危なげなく動く、車夫と同じく日に焼けた労働者たちが見えた。そして亜熱帯の大空の下で掛け合う車夫と同じ方言の声が、何を言っているのかぼくには分らないけれど、わずかなさざ波しか立たない静かな川を渡り、耳に響くこともあった。

蔣介石が敗軍を連れて避難してからまだ十年も経っていなかった。一九五〇年代がまだ終っていなかった。なのに、今思うと、台湾にはすでに風景を根から変えてしまう「発展」の兆しとして工事現場が現れていたのであった。

どぶ川に沿って、三年も四年も、ぼくは学校に通っていた。なのにその川の名前を知らなかった。その川は曲りながら、二十分も三十分も車夫がペダルを漕ぐペディキャブの走るすぐそばで続いていた。家と学校を結ぶ回廊なので、その存在はたぶん、ぼくにとって大きかった。しかし、台中という地方都市の外れに「日本人《ルベンレン》」が創った模範郷の家々に住んでいたアメリカ人の大人たちは、誰もその川の名前を教えてくれなかった。

どぶ川にも名前があるだろうとも考えなかった。

砂利と土くれの上で跳ね上がるペディキャブから見える川べりの農家と工事現場が尽きてしまうと、とつぜん視野が広がった。ゆるやかな坂が地平線まで続き、水田がうねり、どこにも小屋すらなく、エメラルド色の空白の中を水牛がのっそりと横切っているだけだった。

自分の故郷に違いない場所が、「自分の国」ではない、とすでに意識していた。なのに、そこの国の、そこの村の少年と同じように、そのだだっ広い風景は自分にとって、たぶんはじめて、故郷以外の「世界」の存在を暗示していた。

町を離れて行く名もない川の、いくつかの湾曲に沿った細道は、やがて右の方へ、砂利もなくただ土くれだけの、さらに細い道となって逸れた。遠くから甘い匂いが漂ってきた。そして近くの、また違った方角からも、同じように甘ったるい匂いが熱い空気の中で重く流れていた。

どちらも町の郊外にいつの間にか建った小さな工場からの匂いだった。一つは至るところに生える砂糖黍《さとうきび》から砂糖を精製する工場で、もう一つは、それだとすぐに分る、パイナップル缶詰の製造工場だった。

植物を加工するだけの「工業」の匂いは、甘すぎて不快でもあった。だからこそ半世紀経っても鼻の奥の細胞にまでその記憶が染み込んでいて、忘れられなかった。

畦道《あぜみち》と変らない、土くれの細道のその先では、水田の上に異質な砦が浮いているように、低い壁に囲まれたレンガ造りの殿堂が現れた。

ペディキャブはまっすぐに、そこへ向った。

低い壁が一ヶ所だけ開き、そこには高くもない門があった。

門の前でペディキャブが止まると、頭上にはMorrison Academyという、まわりの風景とは不似合いな文字が見えた。

ペディキャブを下りて、母からもらっていた孫文の顔が印刷された紙幣を車夫に渡した。

門の中から、テキサスやサウス・カロライナなまりの子供の喚声が聞こえた。奥のレンガ造りの学校本部の中から聖歌を奏でるオルガンのかすかな音も、熱い空気を伝わって門の辺りまで響いていた。

半世紀前、あの門の中からは、「國語《グオユー》」も台湾語も聞こえなかった。水田の上に浮いた砦のような学校で、三世紀前の英語の、旧約と新約の聖書を、ぼくはほぼ全部読まされたのであった。


二十一世紀に入って間もなく、ぼくは中国大陸の中央あたりに位置する河南省に、日本語の小説の取材で訪れていた。黄河から二百キロほど離れた河南省の最南端近くには、昔の有名な避暑地が残っていると聞いていたので、夏の一日、車を借りてそこへ出かけてみた。

信陽という河南省の最南端の町から一時間ほど行くと、車が山道に入った。途中の山里では粘土の家も交じっている農家が並び、小川のほとりでは村の女たちが衣服を石に叩いて洗濯している。その光景が半世紀前の台湾と同じだ、という思いを、省政府の旅行局が手配してくれた共産党員の運転手に打ち明けるのを憚《はばか》った。

「一億人の省」では珍しく、やがて村落もなくなり、人の姿が消えると同時に清潔な空気が窓の中へ流れこんできた。

山道もすこし険しくなったところで、また、道のほとりに建物が現れた。

建物は農家ではなかった。

どこからも豚の鳴き声が聞こえなかった。

建物は村落の始まりではないようだった。

むしろスイスの山腹の風物を思わせる、中に見えるゴシック様式風の建物は、ふもとの村落のように密集してはおらず、一軒一軒がゆったりと、シャレーのように、静寂に包まれた山の傾斜に点在しているのであった。

建物は全部空屋だった。中には基礎や外壁の骨組みしか残っていない廃屋もあった。

「解放之前《ジエーファンジルチエン》」と運転手は言いだした。革命前、つまり一九四九年以前、という意味だった。

解放前のことだから、屋敷は全部外国人が住んでいた、と河南なまりの標準語で教えてくれた。

道ばたの標識は、「鶏公山」と英語で「Rooster Mountain」と書いてあった。Rooster Mountainを、ぼくは思わず脳裏に「ルースター・マウンテン」とカタカナにして読んだ。雄鶏《おんどり》山という奇妙な日本語も一瞬浮んでしまった。

解放前には、西洋人、特に宣教師たちはここで避暑して、一つのリゾート地を作った、と運転手が丁寧に説明してくれた。

「中原」たる、山の下に広がる広大な平原は、夏になると竈《かまど》のように焦熱の地帯となる。そんなときに涼しい場所を求めうるのも一つの特権だったに違いない。

「解放前」の宣教師たちが建てた石造りのコテージと大小のシャレー風別荘の遺跡が山道の両側にちらばっていた。

ここは中国の軽井沢だった、という思いが日本語で浮んだ。

かなり正確な比喩である、と自分で思った。

しかし、「中国の軽井沢」という言い方は、運転手をはじめ、地元の誰にも通じない。

大陸の言葉にはならない島国の思いを心の中に閉じ込め、ぼくは黙って車の窓から異質な風景をじっと眺めた。

「解放」とともにその家主たちが逃げだした別荘とチャペルの遺跡が次々と目に入った。

一億の農民の家がぎっしりと詰まった平野の上にそびえるルースター・マウンテンの、廃墟《はいきょ》となって久しい、西洋人の特権者たちの夏の村だった。

道の曲り角の先では、また白と茶色の色あせた石造りの家屋がつづいていた。

農村が密集する平原でざわめく方言の声が嘘《うそ》だったかのように、道は静けさに包まれていた。「解放前」の宣教師たちの、金髪と白髪と赤毛の、大人と子供の英語の声が聞こえるような気がした。

阿片戦争の後に大陸の奥地にまで踏みこんだ彼らの「村」の廃墟にじっと見入

った。そのうちに、彼らと自分が同じ人種だからこそだろう、胸から拒絶感が湧き上った。

その拒絶感に交じって、ある種のデジャ・ヴュも一瞬、覚えた。遠い昔にこのような場所にいた、このような場所を感覚的に知っている、という既視感だった。ぼくは急に、ふもとの農村地帯に戻りたくなった。

その日の小旅行の目的であったはずの、雄鶏の形をしているというルースター・マウンテンの山頂は「見なくていい」と拙い大陸の標準語で運転手に言った。名勝を「見なくていい」ととつぜん言いだした旅行者に運転手は驚き、渋々とUターンをした。窓の外では場違いの十字架が現れては消えた。一億人の平原に向って車はゆっくりと山道を下りて行った。

二〇一三年の早春、「模範郷」という、日本人が創った町にあったぼくの幼少時代の家を探しに、五十二年ぶりに台中を訪れた。

その最後の日の午後に時間が空いたので、台中の東海大学の黄淑燕先生のミニバンに乗って、ぼくが六歳から十歳まで通っていた宣教師学校を訪ねた。

模範郷のすぐ近くを流れる、たぶん、その模範郷と「普通」の台湾人の町の非公式な境もなしていたどぶ川は、「梅川《メイチユアン》」だったでしょう、と黄先生が教えてくれた。そのとき川の名前を初めて知った。日本にも中国にもあっておかしくない名前だ、と思った。「梅川《メイチユアン》」は、日本人が命名したのか、それとも日本人の上陸以前からそう呼ばれていたのだろうか。

「梅川《メイチユアン》」はしかし、すっかり埋め立てられて三十年以上も経っているという。川が大通りに変り、大通りが元の川の曲線に沿って幾度となくゆるやかに曲りながら現代の地方都市の郊外へと続いている。川そのものは樹木いっぱいの分離帯となり、ぼくがペディキャブで通学していた川べりの細道が大通りの脇の歩道に衣替えしたようだった。

かつてはさざ波が立つ川だったアスファルトの路面の上に、五十年前と変らないだろう、亜熱帯の日差しがそそいでいた。大通りの両側に並ぶコンビニとカフェ・バーとビジネスホテルのガラス張りの玄関が一様にきらめいていた。建物の内からも、外の歩道からも、國語《グオユー》とも方言ともつかない早口の声が、通りすぎるミニバンの窓の中へ飛び込んできたのであった。

川だった道が、そうでない道より多く曲りながら続いていた。記憶の中で「町が尽きて外の世界が限りなく広がっていた場所」にはたどりつきそうもなく、商店街と住宅街と歓楽街が、現在それを見ているぼくの目には場所と時代がいっしょくたになって映っていた。

記憶の中の農村が現代の郊外に変質した辺りで、たぶん半世紀前のペディキャブの道程と同じく、「梅川《メイチユアン》」の跡の大通りから、車が右に、別の道に曲った。

どぶ川に沿った細道から、いつの間にか右に曲る。

それだけは変らない。

砂糖とパイナップル缶詰の工場から漂っていた甘ったるい匂いが、鼻孔の奥で甦った。そしてたちまち消えた。

水牛だけがゆっくりと動いていただだっ広い田んぼ地帯が、無数の駐車場に分解していた。

平原の道をまた十分ほどミニバンで走りつづけた。

とつぜん、道の右側に大きな空地が見えた。空地は一つの村ほどの広さだった。

中国大陸を描きつづけているとやがては使いすぎて新鮮味がなくなっていた「巨大な」という形容詞を、台湾に来て初めて使いたくなった。

空地のはるか向うの地平線近くでは、建設中の三十階建てのマンションが二十棟ほど、工事現場のほこりが舞っている中で林立しているのであった。

すごい、とミニバンの後ろで誰かが日本語で言った。

いや、大陸ではもっとすごいのをたくさん見た、とぼくが答えた。

空地のスケールも「大陸的」なのだ。一つの村が工事現場となり、その工事現場も二十年か三十年が経つと今度は解体現場に変り、そして再び工事現場になる。大陸にも島国にも同じく吹きあれる「発展」が、掘り返された風景から伝わってきた。

大陸で一つの農村が丸ごと立ち退かされた後と同じように、台中の空地も低い壁に囲まれていた。

その低い壁が尽きたすこし先では、より高い壁をめぐらせた、白くきらめく現代的な校舎が立ち並ぶのが視野に入った。

日本の裕福な私立高校に似ている、とぼくは思った。

「ここだそうです」という黄先生の日本語の声とともに、ミニバンは止まった。

高い壁がそこで途切れていた。門の前だった。

ミニバンを下りると、「Morrison Academy」という英字と、「馬禮遜學校」と中国語で学校の名前を書いた看板が目に入った。ペディキャブでたどり着いた門よりは立派で、文字も、英字で十九世紀の宣教師の名前を記し、また漢字は半世紀前に中国大陸から消えた字体であるにもかかわらず、現代的な書体で、大きい。

半世紀前と違って、学校の門のそばには、日本の交番のような守衛所があった。

黄先生が守衛所に立ち寄って、一人いるガードマンに台湾語で話しかけた。

ぼくを指して、ぼくのことを、ぼくにはほぼ理解不可能な方言で説明しているようだった。

抑揚の多いやりとりの中から、「五十二年《ウーシルアルニアン》」という年数だけが聞き取れた気がした。

ガードマンがぼくにも何とか分る「國語《グオユー》」に切り換えて、携帯電話で、「卒業生です、五十二年ぶりだと言っています」と大声で誰かに伝えていた。

ぼくと同行者たちはしばらく門の前で立ちつくした。

「學校」と記された門の奥にたたずむ新築の校舎の上には、亜熱帯の日差しが降りそそいでいた。顔と、常に晒《さら》された腕にそそいでやまない光線だけは、変らない。

亜熱帯の長い何分かが経つと、「アカデミー」の奥の方から、まだ四十代とおぼしき西洋人男性が現れた。サンフランシスコでもヒューストンでもビジネスマンが着ていそうなおしゃれで色鮮やかなスーツ姿だった。ぼくの記憶の中にある地味な身なりの宣教師たちとは違う。

十年ぶりの卒業生はたくさんいる、ですけど、何と五十二年ぶりと聞いて、私は駆けつけてきた、と校長はアメリカ西部らしい標準的な英語で挨拶した。

日本に生きて、中国大陸に渡っては日本に戻る、何年もそんな生活をしつづけたぼくには、実に久しぶりの母語だった。その母語を親から学んで、そして初めて読めるようになったのは、「母国」のアメリカではなく、大日本帝国から中華民国に返還されて間もない頃の、亜熱帯の光が常に降りそそぐ島の家と、この学校だった。

アメリカの西部男らしくさしのべてきた大きな手と握手をして、日本のドキュメンタリー映画の製作で来ました、と弱々しい英語の声で申し出たとき、そのことも、実は何年ぶりかにぼくは意識したのであった。

校長が大股で先導する、そのあとを追ってぼくらは二十一世紀のモリソン・アカデミーの、日本のミッション系の高校にも南カリフォルニアの短期大学にも似た、きらめく清潔な校舎に沿った小道を歩きだした。

あの時代とは場所が違う、と校長が申しわけなさそうな口調で言った。昔の敷地は、台湾が国連を脱退させられる寸前に売って、その利益でこちらへ移って今の広いキャンパスを造った、とつづけた。

校長は「あの時代」の伝説的な教師や運動部長の名前を次々と口にした。一人もぼくの記憶にはなかった。

すべてがカンザス州やオクラホマ州の、プロテスタント系の名前で、それに対してぼくは何の反応もしなかった。ティーチャーとコーチの名前の連続の間に校長は一瞬、お前は本当に卒業生なのか、と訝るように、横からぼくの顔をにらんだ。

あの時代の学校を、日本語の小説で書いた、とぼくは言わなかった。日本語の小説になった中味だけは鮮烈に覚えている。

やりとりにはならない久しぶりの英語の会話をしながら、明るく広々とした芝生の庭を持つ校舎と校舎の間の歩道を歩いた。すれ違った学生の半分ほどは現地の台湾人なのだろうかアジア人で、それはあの時代にはありえないことだった。そう思っているうちに、モリソン・アカデミーの本部にたどりついた。

本部も「新しさ」の匂いがした。

二階に上り、校長室に案内してもらった。校長室に入ると、壁には十九世紀のイギリス人を描いた大きな油絵のポートレートが掛かっていた。

ロバート・モリソンです、と校長が言うと、初めて聖書を中国語に翻訳した人ですね、とぼくはすぐに答えた。それぐらいの知識は小学部の生徒なら誰でも教え込まれていた。

そして「主の御言葉《みことば》」を異教徒の東洋人のために翻訳した偉大なる宣教師の名前を冠した学校の、その先生たちも生徒たちの大部分も、「大陸を失った」後、その大陸からこの島に避難した人たちである、ということを、信者ではない両親から聞いていたのであった。

校長は、十九世紀の宣教師のポートレートのとなりにある本棚から、一冊の分厚い書物を持ち出した。金髪の子供たちと孫文の顔を印刷した紙幣、それに英語と中国語の聖書をコラージュした表紙には、

UNCOMMON BONDS

と書いてあった。非凡な、尋常ではない、格別な、絆《きずな》、とぼくがうしろから見ている五人の日本人と台湾人に翻訳してみた。

宣教師学校五十年史だった。

校長はその本を開けてくれた。ページをめくると粒子の粗い白黒写真が現れた。中国南方によく見られる水田に囲まれ、中世ヨーロッパの城壁と似ている丸い壁をめぐらせた、校庭の写真だった。いくつものペディキャブがすぐ外に並んでいる門の近くでは石造りの小屋が建ち、奥の方にはたぶん学生寮を兼ねた学校本部のレンガの建物がどっしりとあった。本部の前には三本の竹の旗竿《はたざお》が立ち、それぞれに翻る星条旗と中華民国の国旗と、十字架を配した校旗が小さく写っている。敷地を囲う丸い壁のすぐ外では、水田に水牛と、円錐形の帽子をかぶった農民も小さく見分けられた。

さらにページをめくると、また白黒の、より小さい写真があった。

白い漆喰を塗られた小屋の写真だった。

これが最初の教室だった、と校長が言った。一九五二年、たぶんあなたが入学する少し前の時代でしょう。

ぼくは一九五六年、六歳のときに入った、と自分の英語の声を意識しながら答えた。

いつ共産軍《ザ・コミュニスツ》が台湾に上陸するか分らない時代に、仮のものでいいから、とりあえず小屋の教室を何とか建てたらしい、と校長が自分の生まれる前の学校の伝説的な創生を語った。

白黒写真の中の白い小屋が太陽の強い日差しを受けて、たぶん塗りたてのその白色が浮き立っていた。

小屋の前には、日差しの中で目を細くしてまっすぐに見る三人の白人の子供と、足首を見せない長いスカートを穿《は》いた女の先生が写っていた。

小屋はみすぼらしいものだった。アメリカの西部開拓時代の一室だけの学校を思わせるものだった。

台湾には一九四九年以前の「中国」、そして一九四五年以前の「日本」が残っている、とよく言われている。宣教師学校の小屋も、一九〇〇年以前の「アメリカ」、トム・ソーヤーとハックルベリー・フィンが通ったような、白い漆喰を塗った一室だけの小学校なのであった。

あのような小屋の中でぼくは六歳から十歳まで、固い木の椅子に座って、旧約聖書と新約聖書を、現代語訳ではなく、最も古典的な、三百年前のキング・ジェームズ版で幼い声を出して朗読させられた。小屋の中でぼくはsky（空）のつづりを覚える前にfirmament（穹蒼《おおぞら》）のつづりを覚えさせられた。学校を囲んだアジアの第三世界の風景を連想しながら、三千年前の中近東の風景の上を行く使者と英雄の物語を綴《つづ》った韻律のある散文に浸った。

二十世紀後半の、本国アメリカの公立小学校ではありえない教育を、台湾という島で受けた。

午後も門の外で待機しているペディキャブに乗って、一九四五年までそこにいた「日本人《ルベンレン》」が残した家に戻る。強い日差しですっかり黄ばんだ襖《ふすま》の前に座り、

And God made the firmament
And God called the firmament Heaven

と唱えた。

神穹蒼《かみおほぞら》を作《つく》りて
神穹蒼《かみおほぞら》を天《てん》と名《なづ》けたまへり

そんなとき、片方はユダヤ系で片方はカトリック教のポーランド系、だが結婚してから一度もそれぞれの教会に踏み入ったこともなく、どちらも戦後アメリカの民主党派リベラルだった両親は、「空」と言わず「神、穹蒼を」と一人で唱える子供がカルトにでも洗脳された、といわんばかりに、唖然《あぜん》とした表情を浮べた。台中という地方都市には、他に国際学校はなかった。

校長が、およそ三キロ離れた、町により近いところに元の敷地がある、と言った。今は繁華街になっている、だが元の本部の赤レンガの建物は一角だけが残っている、という話を、ぼくは日本文学の一行に通訳した。そして本棚に並んでいる『通常でない絆』というぶ厚い一冊を、その場で台湾ドルで売ってもらった。日本語に通訳するぼくを不思議そうなまなざしで見ている校長に、「日本的」ととられるかもしれない丁寧なお礼を言った。校長が流暢な「國語《グオユー》」で黄先生に元の敷地の場所への行き方を教えると、本部から門へ戻る小道をいっしょに歩きだした。

途中でぼくは校長と二人で並び、他の人と離れて歩いた。そのときぼくは、

あなたたちの小学校ではぼくは旧約聖書を全部読まされましたと言った。

まあ、全部ということはないでしょう

と校長が答えた。

ぼくの記憶では「全部」のようにインパクトは強かったかもしれない、とは言わず、

読ませてくれたのは本当によかった

と言った。

校長のよく日に焼けた顔にはうっすらとした微笑みが浮んだ。

学校の憲章にある、生徒には「聖書を読む」ことが義務づけられている、クリスチャンの人生の、まさに基本ですから
と校長が陽気な声で言った。

ぼくはクリスチャンにはならなかった
とは言わなかった。

校長のそばでぼくは黙りこんだ。

校長に伝えよう、と頭の中で久しぶりに英語を組み立ててみた。

ぼくはクリスチャンにはならず、台湾を離れてからの青年時代には、一度はアメリカに戻ったが、その後は日本にたどりついた。その間にさまざまな思想を渡り歩いた。そして大人になって最後にたどりついたのは、思想ではなく、文学だった。日本には古い文学がある。その一つは万葉集《マンヨーシュー》というのだ。その万葉集《マンヨーシュー》を、ぼくが英訳していた、そのとき、ここで学んだ古い英語が新たな生命を得た。

しかし校長にはついにそんなことが言えなかった。

英語で黙り続けながらぼくは、日本語で一人で考えた。

そうだった、ここで三百年前の「古い英語」を覚えさせられた。それは、二十世紀後半のアメリカ本国の公立小学校ではありえないことだった。そしてそのことによって千二百年前の「古い日本語」に対峙《たいじ》して、もう一つの言葉を何とか生み出すことができた。

だから、本当によかった、本当に感謝しています

校長には言えないことが、さらに脳裏で響いた。

六歳の耳に入り、ぼくの小さな口で朗唱させられたあのfirmamentもそうだった。子供には大きすぎる言葉だった。しかし、この島を離れて二十年が経ち、ぼくが三十歳の大人になったとき、もう一つの島国の、もう一つの「創世を歌った古い言葉」を読むようになった。

天地《あめつち》の　初《はじめ》の時　ひさかたの　天《あま》の河原《かはら》に

は、そのとき、自分でも驚くほど、抵抗もなく英語になった。

In the beginning
of heaven and earth,
on the riverbanks
of the far firmament

firmament が生きていた。

亜熱帯の島で覚えた「天」が甦った。

firmament の河原に、八百万千万神《やおよろずちよろずのかみ》、the eight million, the ten million gods...

神が、神々になった。

西洋の「主の御言葉」を、東洋人の魂を救おうと翻訳して説いた宣教師たちの「天」が、真逆に動いた、という気がした。

六歳で父と母とともにあの島に渡ったヘンリーは、ペディキャブに乗り、土の塀がつづく町外れの農村を通りすぎて、真新しいレンガの塀に囲まれた宣教師学校へ通っていた。小さな教室の壁も灰色のペンキで塗られたレンガだった。

教室の壁には、学校そのものを立派にしたような、黄金の塀が山の中腹に連なる「丘の上に輝けるエルサレム」の絵と、それよりさらに明るい後光をもつ金髪の顎髭《ひげ》の、羊飼いの牧杖を手にした救世主《セビアー》の肖像画が掛かっていた。

（『ヘンリーたけしレウィツキーの夏の紀行』）

校長にもう一度英語で感謝の言葉を述べてから、門のすぐ外に止まっているミニバンへぼくらは乗りこんだ。『通常でない絆』を膝に載せて、来たときより包み込む陽光が少なくなった空地と駐車場と商店街を眺めた。

ミニバンの中ではすべてがぼくより若い日本語の声が明るく鳴り響いて、ぼくは一人で、その会話に参加せず、窓の外の風景を見守った。

記憶に残っているような風景は何もなかった。

日本でも、この二十年の中国大陸でも、風景の変質は十分経験していたから、そのことには驚かなかった。だが、記憶の最古層に半世紀留まったままの風景だからこそ、その変質からはある種の圧迫感を覚えた。行きたくない場所へ連れて行かれる——その二日前に台北駅で台中行きの新幹線に乗ったときの、不自然な速度で「現代」に向っているという感覚が一瞬甦った。

建物の密度が増し、黄昏《たそがれ》の商店街も少しずつ灯りが点り、旧漢字のネオンサインも点灯するようになった。旧漢字だけは変らないのだ、と校長とのやりとりの英語が退いて、頭の中は日本語に戻った。五十二年ぶりの台中に向ったその一日目と同じく、日本語に戻ったとき心の平静も取り戻せた。

昔の村々がすっぽりと町に呑《の》みこまれたらしく、道の両側は商店街だった。校長の説明によると元の学校はこの辺りでした、と黄先生が言った。

水田の中に浮んでいるようだったかつての西洋人の砦は、いささかの面影もなく、その敷地だったはずの場所は、夕暮れとともにきらめきだした無数のネオンの光に包まれていた。入り組んだ商店街の中では台湾人の買物客があわただしく行き来していた。

「アジアの活気」と言うとき、多くの日本人が台湾のこのような場所を想像するに違いない。その常套句以外は、ぼくの頭の中にはどんな言葉も浮ばず、胸の中も空虚になっていた。

ミニバンを下りて、その活気の中にぼくらは足を踏み入れた。大陸の地方都市の夕暮れ時にも似ている。だが大陸の地方都市と違って、人混みの中のぼくらの日本語の声には誰も振り返りもしなかった。

校長から細かい説明を受けたようで、黄先生は辺りをじっと見ながら確かな足取りで歩きだした。監督が持って歩くビデオ・カメラのライトが、たくさんの光の一つとなり、かすかに揺れているのを感じながら、路地から、交差する路地をたどった。

三つ目か四つ目の路地が、その突き当たりでもう一つの大通りに流れこむ辺りで、肉屋と宝石店とレストランに半ば埋もれた、赤レンガの壁が視野に入った。近づくと、その壁が古い二階建ての建物の角の部分であることが分った。建物の一部しか残っていないようだった。

現代都市の繁華街の中で、とつぜん古代の遺跡のかけらが現れたようだった。水田に囲まれていた敷地の奥に君臨していたあの学校本部の、赤レンガの外壁なのである。

一人で歩調を速めて、外壁のすぐ前でぼくは立ち止まった。

赤レンガの壁には、半世紀前の窓が残っていた。二階の窓の中に光があふれていた。よく見るとイタリアン・レストランのようで、シャンデリアの下で台湾人の客がワイングラスを揚げて乾杯をしているところだった。

窓の上と下の赤レンガが色褪せ、夕闇の中でピンクとも灰色ともつかない色彩に変っていた。

元の敷地であるはずの、元の壁の、その右と左に雑居ビルが連なっていた。何軒もの屋上の、洗濯物とアンテナが下から空に食い込んでいた。

天空が、firmamentが狭まったような気がした。

空虚な気持ちの底で、時間そのものに対する苛立ちを感じはじめた。後ろから、監督の声が聞こえた。

リービさん、何か反応ありますか？

自分の名前がカタカナで呼ばれている、と珍しくそのことを意識した。

ぼくは色褪せた赤レンガから振りかえった。自分でも驚いた、鋭い声が路地の中でこだました。

エルサレムのユダヤ人みたいに壁にキスしろとでもいうのか

アジア人、とか、台湾人に対しては、アメリカの古い人種意識があった。ぼくら子供もそれに染っていた。

ぼくらは、子供のくせに、大人のペディキャブの車夫に怒鳴り、おい早くしろ、とか、おいゆっくりしろ、と平気で命令し、楽しいからという理由で車夫を運転席から引きずり下ろして自分たちが乗って運転して遊んだ。

おおっぴらに台湾人を軽蔑し、罵った。中国人を家に招待することは、考えられなかった。

一九五〇、六〇年代はそういう世界だったのである。（レイフ）

台湾から東京に戻ってから、ぼくは新宿の路地裏にある部屋で『通常でない絆』を座卓の上で開いて、卒業生たちの回想文を読みだした。日本の文芸雑誌にはそのまま翻訳され掲載されることがほとんどないだろう、ネイティブなのに英語の文法が不確かな「白人田舎者」の文章だった。卒業生たちの略歴を見ると、台湾を離れてからオクラホマに帰り、サウス・ダコタで家を建て、セールスマンになり、牧師になり、聖書読書会のリーダーを務めたりしている。一見「共和党保守系」の人たちだが、二十一世紀に出版されたその宣教師学校五十年史には、二十世紀のアジアで子供時代を体験した西洋人たちの告白と、学校への批判も随所に現れているのは、ぼくには意外だった。

中国人と接することは、学校から禁じられていた。旧正月とか島の祭りには参加させてもらえなかった。大人はみんな、子供が現地人と慣れ親しむことを嫌がっていた。

わたし自身は大人になってから宗教の勉強をした。そしてあの学校のすぐ近くには道教のすばらしい寺院があったことを知った。
子供のとき、そんなものを誰も見せてくれなかった。
せっかくそこにいたのに。（ラボンヌ）

どんな思想にも、右翼と左翼と中道がある。あの学校は、はっきり言うと、極右だった。ファンダメンタリスト、と言ってもいい。あの学校はぼくの幼な心に有害な影響を与えた。右の周辺からキリスト教の中道に移動するのには、あれから半世紀近くの精神的努力が必要だった。（フィリップ）

学園祭でペール・ギュントの「アニトラの踊り」を企画した。そうすると先生から、「踊り」というのは卑猥《ひわい》だから「アニトラの歌」に変えなさい、と言われた。

そんな発想があったのを、想像できますか？（ドリス）

新宿の部屋でぼくは次々とページをめくった。椰子の木の下に立つ、反抗を知らないジェームズ・ディーンのような角刈りの青年たち、そして亜熱帯なのに長いスカートを穿いた「リンダ」と「ベッティ」と「リリアン」の白黒写真と、読みなれたようだが、彼らとはまったく違った道を歩んだ半世紀の間に異質となった英文をたどった。長年の習慣で、英文を読むとそれを頭の中で何とか日本語に翻訳しようとした。青春時代に日本に上陸して日本語に出合うことによって、まだ鮮明な心象として残っていた彼らの亜熱帯のエデンからようやく脱出することができた。新宿の路地裏の部屋で広げた『UNCOMMON BONDS』を、「通常でない絆」と何度も日本語として思い浮べて、その中味をすっきりしない和文に直してみながら、そのようにも思った。

読み続けているうちに、彼らの略歴の一部にまた目が留まった。

白人の子供たちは、その多くが生まれたのはアメリカではない。中国大陸なのである。

二、三年上の先輩たちはほとんどそうだった。「リチャード」も「ベッティ」も「ジョーセフ」も、生まれがアリゾナ州やケンタッキー州ではなく、湖北省や山東省、西安や成都である。

あの時代の大人たちの会話にたびたび上った「失われた大陸」という言葉からも、ぼくは薄々と気づいていた。台湾の地方都市の町外れにある宣教師学校は、海峡を隔てた大陸における何か巨大な断絶によってそこに出来上がったということを。

その驚天動地の物語をもたらした行為者は、「毛《マオ》」という名だった。同級生と先輩をその誕生の地である大陸から追放したのは、その毛沢東だった。

ぼくは青島で生まれた。兄は北京で生まれた。戦争の間は家族がアメリカに引き揚げたが、一九四七年に中国に戻った。だが戻って間もなくして、「今去るか、一生去らないか」と毛沢東や共産主義者《コミユニスト》どもに言われて、結局は大陸を去り、一九五一年に台湾へ逃げた。

（ハロルド）

何度も逃げた。

国民党《ナシヨナリスト》の哨戒艇に乗り、揚子江を下り、対岸から何度も共産党《ザ・コミユニスツ》の狙撃を受けて、逃げた。また、空港から狙撃の中を離陸して、逃げた。

そして島にたどりついた。台湾のことは何も知らなかった。島の名前は、大人たちが「フォルモーサ」と言っていた。

（ドリス）

武漢から杭州へ、杭州から香港へ、マオに追いかけられた。マオより一歩先、南へと逃げて、ついに大陸を出てしまった。

（フィリップ）

台湾に着いたとき、台湾は美しい、と思った。特に秋の台湾はあまりにも美しいから、共産党《ザ・コミュニスツ》もついに攻撃の手を控えるだろうと思った。（メアリ）

略歴のどれにも「大陸」の影が落ちているのだ、と哀しみも交じった感慨を覚えながら、「中道に移動するのに半世紀近くもかかった」と告白した、他より聡明そうな書き手のページをもう一度読んでみた。そしてかれの略歴の一文に思わず目が留まった。

英文の中の、大陸の地名だった。

KiKungShan — Rooster Mountain

と書いてあった。

新宿の部屋で読んだアルファベットが即座に、鶏公山、つまりルースター・マウンテン、と漢字になり、カタカナになった。

そこにはぼくらの学校があった。

河南省にあった鶏公山、つまりルースター・マウンテンは、宣教師たちの避暑地だった。そこには宣教師学校があった。台湾のモリソン・アカデミーの前身だった。そこでぼくは小学生だった。

（フィリップ）

「中国の軽井沢」の、山の傾斜で見た遺跡が、畳の上に座るぼくの頭を横切った。

そして毛沢東が、南へと襲ってきた。毛沢東の一歩前にあるルースター・マウンテンから、ぼくらは否応《いやおう》なしに下ろされてしまった。下ろされて、さらに南へ逃げた。

（フィリップ）

英文の中から「ルースター・マウンテン」という地名が特殊な艶を発して、前後の文章から浮き立っていた。

あの学校の前身が大陸にあった。

一億人がひしめき合う中原にそびえる静寂な山にあったのだ。

そのことが分った瞬間、「日本人《ルベンレン》」が建てた家から始まった幼年の記憶が、「解《ジエ》放之前《ファンジルチエン》」の大陸の、阿片戦争へさかのぼる膨大な時間と結びついた。

無意識に和訳して架空の原稿用紙に移し替えていた宣教師学校五十年史をぼくは閉じた。

眼裏に、再びあの大陸が浮んだ。

「主の御言葉」を翻訳して「東洋人の魂を救う」という営みから逸脱し、それとは違ったことをやろうとした人はいなかったのか。あの大陸のどこかに、ぼくが日本語の中で生きてきたように中国語の中で生きてきた人はいなかったのか、と新宿の部屋の中で想像が動いた。

ゴーイング・ネイティブ

Sometimes Pearl found bones lying in the grass, …

パールはときどき草叢《くさむら》の中で骨を見つけた。肢《あし》の断片、切断された手、あるときは頭と腕がまだ付いている肩。骨があまりにも小さいので死んだ赤子のものだとすぐ分った。ほとんどが女の子で生まれるとすぐ窒息させられたり絞め殺されたりして放置され、犬の餌になった。そのことについて人に何かを言おうとは思わなかった。

むしろ不快な気分を抑えて、見つけた骨を自分が考え出した儀式にのっとって埋葬した。墓の罅に気味の悪い破片を押しこむか、土を掘って新しい墓を作った。他の女の子たちは泥団子を作っていたのに対して、彼女は小さい塚を作り、その斜面を指先で叩き、その上を花や小石で飾った。人骨を集めるための巾着袋と、犬を追い払うために鋭く削った木の棒かあるいは竹を裂いて先端に石を嵌《は》めた棍棒を彼女は持っていた。

　お母さんには、なぜそこまで犬が恐いのかは言えなかった。


　日本から初めて中国大陸に渡り、『天安門』を書いてから、十五年が経ち、二十年が経とうとしていた。特に二〇〇八年の五輪以降は、「現代化」というものが林立する高層マンションの形をしてはびこり、かつての特色がすっかり薄れた北京には長い滞在をしなくなった。この数年間、北京よりも大陸の奥地に向うことが多い。黄河沿いの古い農村、延安の洞窟村、ときには青海省の草原まで足を運ぶために北京で飛行機を乗り換える。そのときに天安門広場近くの北京飯店に一泊か二泊だけ泊まるようになった。

　たとえばニューヨークに一、二泊して、昼は書店を廻るのとどこか似た感覚で、北京飯店の裏手に延びる大陸一か二の商店街、王府井大街にある書店をたずねる。まずはかつての新華書店、今は王府井書店となっている「中国の紀伊國屋」に立ち寄る。

「ハーバードでMBAを取ろう！」とか「甦る中華民族」といったベストセラーが並ぶ一階から、エスカレーターで文学のフロアへ上り、莫言《ばくげん》や閻連科《えんれんか》、ぼくの知っている現代作家たちの原作を探す。小説のストーリーそのものはぼくにはほとんど読解ができないので彼らの文体の感触くらいを何とか確かめるためにそのページをめくってみる。

それからもう一度「大街」へ出て、ケンタッキーフライドチキンとマクドナルドとナイキ・シューズの店の前を通りすぎながら、何千人もの、湖北省なのか四川省なのか、その大半がiPhoneに方言を叫びながら歩いている旅行客とすれ違う。

『天安門』を書いていた頃には「石の京都」のように受け止めて、それにパリの雅《みやび》やかさもワシントンの尊大さも連想させられていた北京は、加速度的な「現代化」によって、歴代皇帝や毛沢東が君臨していたその絶対的中心性が逆に相対化されてしまった、訪れる人を圧倒するあの力はかえって弱まった、と一人でもの思いに耽《ふけ》りながら「大街」の奥へと歩きつづける。

そしていつの間にか、宝石店とファッション・ブティックが並ぶ中に静かにたたずむ、もしかしたら毛沢東の時代にもその場所にあったかもしれない、北京外文書店という老舗にたどりつくのである。

外国語専門の外文書店の一階には英語の本がゆったりと低い棚に展示してある。ぼくはまっすぐに Book on Chinese Literature の棚に向う。アメリカやイギリスの出版社の、たくさんのハードカバーとペーパーバックの中には、さっきの中国語の大書店ではまず見ない中国文学の英訳書、あるいは中国関連書も、外文書店だから安心ということなのだろうか、たまには手に入る。

ある日、棚の下の方の、目立たないところに収められていた一冊の分厚いペーパーバックをぼくは手に取ってみた。

その第一章のページをめくると、百年以上前の大陸で育った宣教師の娘の驚くべき体験が描かれている。

Sometimes Pearl found bones lying in the grass, ...

「貧困」も「後進性」も「不衛生」も払拭された眩しい「現代化」下の北京の中

心大街にいながら、前近代の農村で「ときどき草叢の中で骨を見つけた」という幼女の体験が、思いがけなく、異質なものとしてぼくの目に飛びこんできた。

それがパール・バックの原体験であった、とペーパーバックの新しい英訳の評伝に書かれているのであった。

一九四九年以後、大陸では発禁本となっている『大地』の作者の評伝がここに出現したのに、ぼくはまず驚いた。

しかし、そのような政治的な驚き以上に、パールという、西洋人の娘が少女として生きていた中国大陸の描写が生々しい。生々しくしかも緻密に、農家に生まれた余計な女児が誕生とともに家族から殺害されるという状況を、同じ少女として目のあたりにする、そしてその後片付けを自身の方法でしてしまうという突然の話に、ぼくは頭から「現代化」がふっ飛んでしまったような不意打ちに遭い、棚の前で立ちつくした。

『天安門』ではじめて現代中国を日本語で書き、それからくり返しくり返し、東京から大陸に渡り、大陸から東京にもどっては日本語の小説とノンフィクションを書き続けてきた。その十数年の間には、魯迅も莫言も、安部公房も武田泰淳も意識したことはあった。しかし「パール・バック」のことは、考えたことがなかった。ぼくの青年時代にはすでに、近代文学の外の、「昔の白人オバさんの大衆作家」のイメージが定着していた。そんな作家は、日本語の書き手としてデビューする前にぼくがいたプリンストン大学やスタンフォード大学の東アジア研究所では、東アジアの知性に無頓着で、「婦人雑誌で農民ばかり書いている」という、いささか恥ずかしい存在でもあった。

外文書店で立ちつくしたまま、百年前の少女が日常として見た凄絶な「大陸」から目が離せなくなった。アイビーリーグでは誰も相手にしない作家の、ペーパーバックの評伝なのについにそれを持ったまま、ぼくは外文書店のレジへ向った。Pearl Buck in China という題字をにらみ、こんな書物を本当に買っていいのか、とためらいながら、途中で万里の長城の写真集を拾って、毛沢東の顔を描いたピンク色の百元札を三枚出して、いっしょに購入した。

その前に実は一度だけ、パール・バックという作家を意識させられたことがあった。

アメリカの大学教授を辞職して東京に定住し、日本語の作家としてデビューしてからはじめて、逆に海外へ出かけて日本語で講演したときだった。場所は香港で、国際比較文学会の世界大会の基調講演者の一人として呼ばれて行った。

五大陸の研究者と批評家の前で、ぼくは日本語で話しだした。顔が西洋人そのもののぼくが、しかし母語の英語ではなく、自分が獲得した表現の言葉の日本語で話した方が表現者としてむしろ自然ではないか、と日本語で言った。演壇でいっしょに立っていた、多和田葉子の小説の翻訳家でもある満谷マーガレット氏がぼくの日本語を流麗な英語に通訳してくれた。

安部公房から中上健次、李良枝からエクソフォニー、万葉集から現代の越境、そして最後には中国大陸についてぼくが書いた日本語の小説へと、内容を展開した。内容以上に、自分の日本語の声と、それを通訳する英語の声が響き合い、「母語」と「外国語」、「西洋人」、「日本人」、「アジア人」とは本当に何なのか、それらが概念ではなく音声のレベルで問われているように感じられ、講演する自分が考えさせられた。

日本人初の国際比較文学会会長、川本皓嗣先生が冒頭の挨拶で、西洋人がはじめて日本文学の作家となった、とぼくを紹介してくれた。そして、イギリス人はヒンズー語で小説を書くのか、フランス人がベトナム語で文学を書いたのか、とつづけた。

その言葉にある種の感銘を受けた。講演は、国内のそれ以上に白熱した。講演しながら、非西洋の中でほとんど唯一、百年の葛藤の中で西洋に対峙できる近代文学を創り上げた、その日本語を、異人種ながら受け継ぐことになった、と何度も意識させられた。その日本語の歴史があるが故にぼくはこの場に立つことになった、という思いが、英訳されないまま、何度も頭をよぎった。

講演が終るといったんホテルにもどり、休憩を取ってから香港駅に向う。駅からは日本の雑誌の取材で大陸に入る、という予定だった。会場からホテルまで主催者たちがタクシーで送ってくれた。

その中の一人、香港大学の教授は、ぼくが前夜成田から香港国際空港に着いたときも出迎えに来てくれた。そのとき彼はぼくに、あなたのような人は中国ではありえない、と言った。中国四千年の文明のすべてを外国人が把握することは不可能だからと。彼自身がそう思っているのか、それとも十三億人の「先入観」をぼくに報告しているのか、はっきりとした口調ではなかった。中国四千年の文明のすべてを、一人の中国人がはたして把握したことがあるのか、四千歳の中国人はいるのか、という反論も脳裏に浮んだが、結局口にはしなかった。

把握のしづらさを誇示しているように「旧漢字」のネオンサインがぎっしりと並ぶ商店街からまた商店街へと、タクシーが、他のタクシーをよけながらジグザグに走りつづけた。もう一人の、助教授らしい三十代の中国人が香港流クイーンズ・イングリッシュで、本日の記念にと世界大会のパンフレットをぼくに手渡した。

Thank you と返事して、小冊子のページを黙ってめくってみた。

たった二日間の学会なのにかなり分厚い冊子だった。西洋も非西洋も、ヨーロッパもアフリカも南米も、実に多くの地域と言語の文学作品が取り上げられていた。post も edge も、margin も border も、批評の先端の用語がページごとにずらりと並べられていた。

圧倒的な知識と、世界的な権威を取り込んだ小冊子のページをめくっているうちに、うしろの方にある、ちょうどその日の午後の討論会の題がふっとぼくの目に入った。

GOING NATIVE
と書いてあった。

「ゴーイング・ネイティブ」とその文字が即座にぼくの頭の中でカタカナとなって映った。

ネイティブに転じる、とか、ネイティブ志向、ネイティブになる、とか、ネイティブへ行ってしまう。そのような意味だった。

「ゴーイング・ネイティブ」は、本来、外国人のくせにネイティブぶる、という否定的な言葉だった。「白人」たるものがいわゆる「ネイティブ」のふりをする、そんなことは「白人」社会からも「ネイティブ」側からも軽蔑的な目で見られていた。場合によっては金髪の占領者が日本語すら話せないのにキモノを着るという醜悪な「エキゾチシズム」として断罪されてきた行為でもある。そして逆に、アメリカ帝国の絶頂期においては、アメリカ人がアメリカの国益を忘れて、アジア人に近寄りすぎて、つい黄色の他者と一体となる、世界最高の国籍への裏切り、という強いタブーでもあった。

だが、世界大会のパンフレットの中では、「ゴーイング・ネイティブ」は必ずしも否定されていないようだ。一つの文学現象として、ニュートラル、もしくは肯定的に取り上げられているようだ。

そのことに驚き、パネル・ディスカッションの題字の下に連なる説明文にぼくの目がすぐ移った。

GOING NATIVE

人種上（racially）は西洋人でありながら文化上（culturally）はアジア人として生きて、文学を書いていた。

たとえばパール・バックのように。

西洋人として生まれながらまぎれもなく中国語で思考していた作家を、今、考え直そう。

香港駅で、大陸行きの夜行列車に乗った。

大陸に入ったのは、日本の雑誌の取材のためだった。大陸の真ん中あたり、河南省の開封が北宋の都で世界最大の都市として栄えていた頃に、ヨーロッパを発ったユダヤ人たちが旧約聖書をかかえてそこへたどりつき、住みつき、一千年近く中国人として生きていたという、近代以前の越境の遺跡を探す旅だった。

午後に発車した列車は、湖南省に入ったあたりで日が暮れかかっていた。「現代化」の南方を離れてさらに北上すればするほど、灯りが少なくなり、やがてはいつ、どこに、どういう人が住んでいたのか分らないような夕闇が窓いっぱいに広がった。

揺れながらも寝ようとしていたぼくの脳裏に、「ゴーイング・ネイティブ」という言葉が何度も、英語で浮び、カタカナでよぎった。

人が一途《いちず》に「西洋」という中心に向っていた二十世紀の歴史のあとに、逆の動き、「西洋人」が「アジア人」として生きて「アジアの文学」を書いていたことが、ようやく批評の言説として認められたのか。

しかしあのパール・バックが本当にそんな言説に値する作家だったのか。

寝台から起き上っては無限に広がる大陸の夜空にじっと見入り、また横になるとひとつの言説に過ぎないはずの言葉が、何度も、頭の中を駆け巡ったのであった。

六歳から十歳まで、ぼくは台湾の地方都市に住み、その台中の町外れにあった宣教師学校に通っていた。半世紀ぶりにそこを訪ねたとき手に入れた宣教師学校五十年史には、「親からも、学校からも、まわりのネイティブにはあまり近づくな、と注意された」という当時の小学生たちの回想文が記録されていた。

一九五〇年代の台湾の「ネイティブ」の状況より、二十世紀初頭の中国大陸の「ネイティブ」の、特に農民の生活は、異質さも貧しさも次元が違う。その中で宣教師の親が心配するほど、幼女のパールは「ネイティブ」にとけこみ、その幼い脳の中には「母語の英語より先に」大陸の言葉が隅々まで浸透していた、と『パール・バック・イン・チャイナ』は教えてくれる。

宣教師の娘が、幼少の頃にはすでに宣教師という生き方から逸脱してしまい、救済の対象であるはずの「東洋人」の言語と耳から口から一体となる。その結果、大陸について、少女は計り知れないほどの見聞を手に入れた。少女が大人になるとき、その見聞をすべて『大地』という小説に結晶させた。その中で、中国の古典文学では表現を得ず、それどころか大概は文字そのものとは関りなく生きていたという、当時で三億人、現在は八億人と聞く、東アジア人の絶対的な多数を形成する大陸農民の、その労働生活から性生活にいたるまでが語られてしまった。『大地』の名場面では、旱魃《かんばつ》と飢餓の時に「クーリー」といわれた最下層労働者に変身して、夜もすがら重い荷を人力で運ぶ主人公の、その足の感覚までが描かれていたのであった。

　身をかがめて肉に食いこむ綱を引き、舗道の上を重い荷物をはこんでいく仕事などまっぴらだ。彼はすでに舗道の石の一つ一つを、まるでそれぞれが敵のようにおぼえていた。轍《わだち》の一つ一つもおぼえていた。そこをとおれば石に当たらず、生命の一オンスでも倹約できるのだ。真っ暗な夜など、とくに雨降りで街路がいつも以上に濡れているときなどは、足下の石に心の底から憎悪をたたきつけることもあった。石どもが冷酷な荷を積んだ車の車輪にしがみついて、わざと離れないような気がしたからだった。

『大地』を英語で読んだ英米人からも、和訳で読んだ日本人からも、読みながら「原文の中国語は何だったのか」とたびたび想像してしまう、という話を聞いたことがある。大陸の農民同士のやりとりが濃密なほど、読者は無意識のうちに幻の「原作」を想定する（ぼくもほんのわずかな中国文学の知識から、『大地』を読みながら、たとえば莫言が書く農民の描写とセリフを連想することがある）。『大地』は原作のない翻訳のように、もう一人、不可視で名のない「ネイティブ」の作者を思い描かせるのである。

『大地』からそんな印象を受けるのは、大陸の農村部を熟知している外国人の造詣であるとか、よくフィールド・ワークをしているからという理由だけではないらしい。北京でぼくが手に入れたパール・バックの評伝中、パール・バックがデビューした直後のアメリカの批評家の発言が引用されている。パール・バックの散文にうかがえる「beautiful cadences」、美しい律動について、

are the direct result of Pearl Buck's having *written* in English while *thinking* in *Chinese*.

パール・バックが中国語で思考しながら英語で書いたことの直接の結果なのである。

という。

異言語を母語に翻訳したように書いた、ということになるのか。しかしその「異言語」が幼少時代、母語以前に、あるいは母語と並行して過酷なほどに生活から染みこんだものだとすれば、そのような図式とも違う。

異言語の草叢の中で骨を拾った少女が、大人になって、小説を書きだした。母語で体験しなかった事柄、母語を通して理解しなかった世界を、母語で書きだした。生い立ちの中で異言語が思考となり、書きだした母語の文体そのものがそれによって変容した、という。

小説家が「ゴーイング・ネイティブ」を果たしたことは、母語の美しい変容からうかがえる、という。

宣教師の娘がキリスト教の宣教という営みからみごとに逸脱した。東洋人の魂を救おうと聖書を翻訳した宣教師の名前を冠した、ぼくの台湾の小学校で語られていた、海峡の向うの失われた大陸。その幻の大陸で生きていた、このような先輩がいた。

大陸にパール・バックがいた。

そのパール・バックを「ゴーイング・ネイティブ」にさせたのは、二十世紀後半以降の東アジアでは歴史的な記憶にすぎなくなっていた、家族が餓死するのをまぬがれるため生まれてきた女児を殺害する状況を、同じ幼女として目のあたりにしたという体験であった。その状況の中で母語とは別に、何の抵抗もなく中国語に五感が染ったに違いない。

そのような宣教師の娘は、当然の成り行きとして、宣教師社会の中でスキャンダラスな存在となった。農民の性的欲望をあるがままに表象したくだりを含めて『大地』は「冒瀆《ぼうとく》の書」と教会から宣告された。ぼくがいた少年時代の台湾を思い出してみると、信者ではない母が愛読していたが、宣教師学校では誰もその

「先輩」の名前を口にしなかった。

　しかし、評伝を読んで、そのこと以上にぼくの注意を引いたのは、宣教師社会よりもむしろ当時の中国の知識人によるパール・バックに対する拒絶反応だった。かつては「中心」と自ら認識していた大国が、一度は近代化に失敗し、それが故にとめどない痛手を負うはめになった。その痛手の真っ最中に、日本語風にいえば「外人の、しかも女」によって大国の圧倒的な後進性が世界的なベストセラーとなった著書の中でばらされてしまった。ばらした英語の作家はやがてその作品でノーベル文学賞を受賞する。中国を書いた中国人は一人も受賞したことはなかったのに、白人の女性が受賞した。中国政府は授賞式をボイコットした。

　欧米ではパール・バックがはじめて「中国人を人間として描いた」と讃《たた》えられた。中国の文学者の中には支持者もいたが、近代知識人の間には、パール・バックがひたすら中国の前近代性を掘り出して世界に見せた、という批判が多かった。中国社会を「男が弁髪で女が纏足《てんそく》の、本質的に遅れているように描いた」帝国主義の悪者とも言われた。魯迅ですら「中国は中国人が書くのがよろしい。バック夫人でもその著書の中に現れているのは、たまたま中国で育ったアメリカ人の宣教師の女性という姿勢にすぎない」とあまりにも簡単に片づけたのは有名である。パール・バックが「アメリカ人」や「宣教師の女性」という範疇《はんちゅう》から外れて、白人社会のタブーを破って自ら「ネイティブ」の心情に同化した、という理解のしかたもなければ、パール・バックが「中国語で思考」しながら「英語で書いた」という認識もなかった。そして一九四九年以降の大陸、社会主義リアリズムの時代には、「金持ちと貧乏人を、対立する階級の代表ではなく個人として描いたのは、マルクス主義理論に違反した重大なあやまちである」とされて、著書がすべて発禁となった。

大陸からパール・バックが消えて、半世紀以上が経った。

中国大陸だけでなく、アメリカにおいても「パール・バックは現在、ほとんど忘れられている」という。再発見の評伝はそのまま再評価の書にはならなかった。中国大陸の「事情」を精緻な感情表現で記すことによって、一千万単位の読者の先入観を一挙にふっとばした、という意味では、『大地』はたぶん、二十世紀最大の「エンターテインメントの奇跡」となった。評伝は、忘れられた「奇跡」を再発掘したのだが、パール・バックの中期から晩年にかけての小説の衰退も余すところなく追って行く。大衆文学の感傷とトリックに、大衆もついに飽きる。「エンターテインメント」も、長くつづきすぎたテレビ・ドラマのように、「エンターテイニング」ではなくなる。婦人雑誌の原稿料も下る。アジア通によるアジア情報が、いつの間にか三十年も四十年も前の「古いニュース」と化している。

パール・バックは近代文学そのものに何の新しさも与えなかった。なのに、『大地』が、もしかしたら『大地』だけが、越境文学の可能性を予見しているように、「この人種」と「この内容」がよくぞ結びついた、と今でも驚かせるのである。

大陸で奇《く》しくも手に入れて、北京飯店で読みはじめた『パール・バック・イン・チャイナ』を、島国に持って帰り、新宿の路地裏にある古い木造の家で読み終えた。

ぼくは二十年間、このような部屋で日本語を読み、その次の二十年間、このような部屋で読みつづけながら自分で日本語を書いてきた。そして近年、中国大陸へ渡り戻ってくると、「日本の伝統」よりも日本の近代が漂う、島国の都市にある古い家の和室で、さらに日本語を模索するように、書きつづけてきた。

座卓は原稿用紙で覆われている。漢字と仮名が交じり、ときにはローマ字を横から引用した縦書きの、完成した文章と、断念して途絶えた文章と、二回も三回も書き直した文章で埋もれていた。原稿用紙の山の、その裾あたりには、中年女性の白く面長な顔を写した表紙の英語のペーパーバックが、しばらく置いたままとなった。

締め切りの間に、読み終えたペーパーバックを幾度となく拾い上げて、特に少女のパール・バックを綴った最初の章を、読み返してみた。

読み返すたびに、一つの思いがぼくの脳裏に浮んだ。その思いは、滑稽すぎる、あるいは時代錯誤だからやめよう、あるいは偉大なる先輩に対して失礼であるとか、可哀そうであると考えて、胸にしまいこんで、なかったことにした。

何日か経つと、その思いが、抑えきれない衝動のようにぼくの意識に上って、一つの問いとなって、出てきた。

パール・バックはなぜ、中国語で書かなかったのか。

パール・バックのすべてを記した英語のペーパーバックには、その問いだけが、一度も出てこない。

パール・バックの母語でもありぼくの母語でもある英語の、その評伝の中には、彼女の中国語の造詣が細かく記されている。

パール・バックは、話し言葉だけでなく、「ネイティブ」のように大陸の書き言葉を読むことができた。『水滸伝』を英訳したぐらいである。しかも当時の多くの西洋人の「オリエンタリスト」たちと違って、文語の古典ばかりでなく、言文一致の「白話」も読み、「口語で現代文学を書く」ことも、熱心に支持していたのである。

なのに、パール・バックには中国語で書こうという欲望は起こらなかった。

なぜなのか。

ぼくにとっての「日本語を書く部屋」の中で、パール・バックの人生を考えれば考えるほど、そんな問いが頭を離れなくなった。

ぼくは十七歳のとき、はじめて日本に住み、はじめて生きた日本語を耳にした。

ぼくと違って、パール・バックは、生まれてすぐに「ゴーイング・ネイティブ」の資格を天から与えられた。それにもかかわらず、その中国語で書く、あるいはせめて中国語でも書くという、そんな自分を想像しなかった。

なぜなのか。

パール・バックは、書き言葉として英語を選んだ。英語を頂点とする西洋語支配の世界にあっては、「中国人をはじめて人間として」書いた。

新宿の路地の奥に今もわずかにその面影が残る、日本の近代都市の木造家屋の空間の中で「日本人」を書くことは百余年前から、すでに日本人の手によって試されていた。

夏目漱石のあとではもはや、英語によってフランス語によって「日本人をはじめて人間として書くのだ」と西洋人が思いこんでも、それは文学行為として無意味になった。

島国独自の近代文学の成立と、八億人の農民がいるという、そんな大陸の表象の歴史とはとても比較することができない。そう分りつつも、ぼくは島国の言葉で「パール・バック」について、さらに考えつづけた。

百余年前から、日本人が新たに「日本語」を獲得しようと、原稿用紙の縦のマスを埋めたそのペンの残響がわずかに聞こえる江戸間八畳の部屋の中で、やがて一つの結論が出た。

もし「ゴーイング・ネイティブ」が本当にあるとすれば、それは本来の「ネイティブ」たちが創り上げた言葉の中に自らの新しい生命を求めることである。人種でも生い立ちでもなく、文体の問題なのである。

未舗装のまま

I

障子にゆらめく竹の影は、似ている。

記憶の中の障子は、亜熱帯の島から「日本人《ルベンレン》」が去ってから何年も経ち、取り換えることもなく強い日差しで黄ばんでいた。

現実の障子は、新宿の路地奥の古い日本家屋の、二階の和室にあり、日当りが悪いので、内側から、ぼくが原稿を書くときに吸っていたたばこの煙で変色している。

記憶の中の、植民地の日本庭園のたぶん百分の一もない、新宿の名前だけの「庭」と、裏の崖に生える竹も、記憶の中の竹むらより乱雑で、けっして雅やかではない。

なのに、現実の障子に竹がゆらめきだすと、半世紀前の台湾で「日本人《ルベンレン》」が建てたという、ぼくの家の記憶が、その細部からふくらみ、甦ることがある。

元の宗主国と元の植民地が、イギリスとインド、とか、フランスとアフリカと違って、どちらも同じ東アジアに位置していたので、自然のディテールはもちろん、似ている。だが、気候はもちろん、違う。気候だけではなく、植民地だから創ることができただろう、広々とした日本庭園と、そこよりかなり北方に在する宗主国の大都会の、アパートとマンションでぎっしりの巷の、路地の奥のみすぼらしい「庭」とでは、スケールと豊かさは、違う。

そして何よりも、黄ばんだ障子の外、家がその奥に建つ路地からも、路地の向うの表の道からも聞こえてくる言葉は違う。障子を見ながら和室の中で、外の話し声がすべて静まりかえる頃にぼくが原稿用紙のマスを埋めるその日本語は、亜熱帯の島の「國語《グオユー》」や「台湾話《タイワンホア》」とも違う。

黄ばんだ障子にゆらめく竹の影は、違うのに似ている、似ているのに違う。

障子という画面には、解きがたい謎が映る。

「日本と西洋」しか知らない日本人や西洋人の目には、そんな謎はたぶん映らないだろう、と思いながら、はびこる影となった竹の細やかな動きを、飽きもせずじっと眺める日はある。

新宿の路地奥の古い家を見つけて、入居したのは、二十一世紀になって初めてのお正月だった。それまでの三十年間は、たいがいは新宿区内の、三畳や四畳半から始まって、小さな一軒家に至るまでの、すべてが日本独自の近代の匂いを漂わせる木造の空間を転々としていた。

新宿の路地奥の家の、その路地は二十一世紀になってもいまだに舗装されていなく、十五年住んでも舗装されるという兆しもない。

夜おそく家に帰るとき、駅からつづく表の道から未舗装の路地に踏みこみ、その奥に向う。土の上を歩いていると、数歩ごとに街灯の下で水たまりが現れて、その縁には浅緑色の草叢が浮び上がる。

先進国の大都会の真只中《ただなか》にもかかわらず、疲れた足の下から、それ以前の感触が確かに伝わってくる。

あるとき、水たまりの前で思わず足が止まった。足下の汚れた水の中には、何もない、と分りながら、そこにじっと見入ってしまう。二、三秒が経つと、水たまりの中にオタマジャクシの姿を探している自分に気がつく。亜熱帯の島の夜に未舗装の路地を歩いて家に向うと、路地に沿ったどぶの水の中でぼくの歩調よりすばやい、オタマジャクシの群れを目で漁《あさ》ろうとしていたことが、回想より直接に、甦る。

一瞬、耳の中で不可解な声が響く。七歳か八歳だから、たぶんダイアレクト、つまり方言であることを、知らなかった。

路地も横丁も、もしかしたら模範郷という「日本人《ルベンレン》」が創った「村」を貫く大通りも、すべて未舗装だった。路地の両側の家の中から、「用人《ヨンレン》」たちの「國語《グオユー》」ではない声がもれてくる。路地ですれ違った、褐色にやけた黄色の大人たちの口からも、それと同じような声が流れて、路地の両側に連なる高い塀にこだましていた。

大日本帝国が残した家々の立派な門とはあまりにも違う、薄いベニヤ板の、新宿の家の門の向うで、竹がわずかな風を受けてゆらめいている夜は、半世紀間「未舗装」のまま、記憶というよりも足の下からじかに伝わる感触が、現在形のできごとさながらに、しばらくはつづく。

立ち止まったぼくの耳のうしろから、やがては別の声が聞こえてくる。駅からつづく表の道を歩いている現代人たちの日本語の声が路地の奥まで届く。

ぼくは現実の東京の歩行者たちの声で振りかえる。振りかえる瞬間、少年の頭上にそびえていた帝国の高い塀がもろく崩れる。どぶの中のオタマジャクシが死に絶えて、方言の声も消えうせる。

濡れた土の上でまたゆっくりと歩きだす。新宿の路地の奥で家のカギをポケットの中でぎこちなく手探りをすると、五十年後の我にもどる。

青春時代から中年期にかけて、数えれば三十軒あまりの、都内の木造アパートをぼくは転々としてきた。本郷の三畳から、中野の四畳半、高田馬場の六畳に半畳の台所、早稲田南町の未亡人の家の二階の貸間、何とかアパート、何とか荘、何とか寮に住み、やがては路地の奥の崖の下、駐車場とも庭ともつかない狭い空間から竹が生える、第一東京オリンピックの前の年に建てられたという木造家屋に入居した。

住処《すみか》を転々としている間に、日本人の、特にぼくと同じ若い人が誰でも住んでいた「木造アパート」がいつの間にか「古い木造アパート」に変った。ぼくも部屋を探すときに勘違いされないように「ワンルーム・マンションではなく木造アパート」とわざとこだわるようになった。

都市の姿が変った。「古い」物件が少なくなった。異国籍が故にただでさえ見つけにくい住処なのに「どうしても、木造」とこだわる自分のことを、ときどき自分でも不思議に思った。

「古さ」への執拗なこだわりには、西洋人が「日本的」な空間に執着するという心理が働いていたのだろう。しかし今振りかえると、「木造」へのオブセッションの底には、たぶん、もう一つの動機があった。ぼくが、一軒に入りしばらくするとまた別の一軒に入り直し、そのことを三十年繰り返していたのは、「日本的」に違いないが、必ずしも現実の日本にだけ存在していたわけではないところを、無意識に探し求めていたからかもしれない。

日本人の家にぼくは三十年間入りつづけていた。入るたびに、西洋人なら誰しもがすぐに気がつく、西洋にない感性が生活文化の細部にまで染みこんでいることを面白がり、ときには感動もした。分らないことがはじめて分ってくるという、異国でしか味わえないよろこびを、存分に味わった。

文化の違いの前で、謙虚な気持ちにもなった。なのに、日本人の家に踏みこんだとき、未知なる他者の領域に入れてもらった、という気持ちには、最初からなりきれなかった。日本人の家主に打ちあけると笑われるか警戒されるか、だから一度も口にしなかった。

木造の空間に住みついて、障子の下で布団を敷いたとき、日本にあるとはかぎらない場所に、ぼくは帰ってきた、という思いがたびたびしたのであった。

新宿の路地奥の家に引越して間もない頃、偶然に道で出会った先輩作家からすこし驚く話を聞いた。

入居したばかりの家の場所を聞かれて、路地の奥の、竹が生えている崖の真下、とても静かだが日当りはあまりよくない、と答えた。

夏目漱石から司馬遼太郎まで、日本の近代文学についてとびぬけて詳しいその作家が、けっして断言はせず、「もしかしたら」と「かもしれない」を交じえながら、あることを教えてくれた。

ぼくが住みついたばかりの路地奥の家は、漱石の『門』に出てくる家の敷地、そんな可能性がある、と言った。

崖下の路地の奥、竹が生えるわずかな庭もついている古い家は、もちろん元の家屋そのものは戦争でやけたはずだし、現在の家は「古い」といっても第一東京オリンピックの頃に建てられた、と不動産会社から聞いていた。

だが、明治時代には路面電車で都心に通える範囲にあり、それほど裕福でもない市民が住んでいた場所ではある。

路地の奥の日当りが悪い家に住んでいる、宗助というまだ若い主人公はぼけはじめて、ついに近来の「近」という漢字が書けなくなる。

木造アパートを転々としながら明治以降の日本人が創り上げた言葉を読み、あるときからその言葉を自分で書くようになった。まさに日本の「近代」の面影の中を次々と移転してきたぼくは、しかし近代文学そのものの創立者がそのストーリーの場所として選んだ、小説の「遺跡」の上で生活するようになるとは、夢にも思わなかった。

まだ若い男の脳から「近」という漢字が消えるという、まさに近代の日当りの悪さを残した場所にぼくが五十歳でたどりつき、今まで居た。二十世紀半ばの亜熱帯の島ではじめて目にしたがまだ体感はせず、二十世紀後半の日本の都会で読みあさり、二十世紀末から自分でも書きだした漢字も、仮名も、二十一世紀のいつか老いてすべてを忘却するまで、障子に竹の影がゆらめく路地裏の家にぼくは居つづけるだろう。

Ⅱ

ぼくが日頃原稿を書いているのは、古い家の二階にある、「江戸間サイズ」という昔の大きさの八畳の和室である。広いはずの部屋は、しかし何年も使っているうちに、本と原稿とＣＤとワインの空きびんの下からわずかに一畳か二畳ほどの畳しか現れない。普段はそこで日本語を読み日本語を書き、その合間にはかなり色あせて黄ばんだ障子を、インスピレーションを求めてゆっくりと眺めることもある。

日当りのよくない八畳の和室だが、実はその奥にはもう一つの和室がある。崖の傾斜の上に建つ、より小さな部屋は、さらに日当りが悪く、昼間も電気をつけないと使えない。

その部屋を読み終えた書物や見なくなった書類の物置にして、襖をあけて中へ入ることはめったにない。

半世紀ぶりに台湾の家を探しに行き、その旅から東京に帰ってきた日、ぼくは江戸間八畳の部屋の座卓の前に座って、原稿用紙を広げた。

頭の中には「國語《グオユー》」と台湾語と日本語がうずまいていた。

ペンを手に取ってみた。

何の文章も出なかった。

ぼくは立ち上がった。立ち上がったとき、黄ばんだ障子と違ってその色が入居したときとはあまり変らない、白い襖が目に留まった。

そこへ寄って、何ヶ月も開けていなくてすこし固くなっていた襖を強く引っ張った。

奥の部屋の闇がとつぜんもれてきた。

闇の中に踏みこむと、テーブルの上で細長く典雅なものの姿がぼおっと浮いていた。

模範郷の家の、庭園に面していた洋間の、レコード・プレイヤーのそばのチークの棚に母が置いていた象牙の観音菩薩《ぼさつ》像だった。

母がたぶんアメリカから台湾に着いて間もなくの頃に買った観音像を、ワシントンでのお葬式の後にぼくは荷物に入れて東京にもって帰ってきた。

奥の和室の電気をつけてみた。

本と書類と、新聞の書評と雑誌のインタビュー記事が山となっていた。そのとなりには、SHINJUKU-KU, TOKYO, JAPANと住所をローマ字で書いた段ボール箱がいくつか積んであり、さらに高くそびえていた。

ワシントンから送られてきた遺品を詰めた箱を、ぼくはあける気もなく、そのまま畳の上に置いていた。

段ボール箱一つ一つには中味を記入した税関の送り状が貼ってあった。それまで送り状を細かく読んだことはなかった。
遺品が届いてからはじめて、上の三つの箱をぼくは手に取ってみた。
上から二つ目の送り状には、
PHOTO ALBUMS
と記されているのが目に留まった。
ゆっくりとテープをはがして、箱をあけてみた。
中に入っている五冊のアルバムはいずれもその表紙には、
TAIWAN
と書かれていた。母の手書きだとすぐに分った。

床の間の横には六人の大人が並んでいた。
白黒でも漆喰の質感が伝わる壁の、六人の大人の頭上の、白黒なのに赤と緑だと分る横幕には、

MERRY CHRISTMAS 1958

という大きな文字が輝いていた。

まだ三十代のぼくの母のとなりには、同じく四十前の、背が高く実に端麗な顔立ちの東洋人男性が立っている。その男性のさらにとなりには、こちらも白い肌の、西洋人らしい、だがアメリカ人には見られないひかえめな笑みを浮べた美女がいる。

美男美女は、並び方からしてもおそろいの微笑みからしてもたぶん夫婦である、とぼくは推測する。

二人には、映画俳優のようなルックスだけから得たのとはどうも違う自信が漂っている。

そして、二人ともとても満足している、という表情なのである。

写真の下にある、五十七年前に母が記した文字は力強く、はっきりと読める。

蔣介石の息子。

クリスマス・パーティに来て、ご夫人とともに私が作ったクリスマス・クッキーを「デリシャス、デリシャス」と食べていた。

模範郷の日本家屋を受けついだたいがいのアメリカ人にとって、「中国人《チャイニーズ》」も「台湾人《タイワニーズ》」も（そして元の家主だった「日本人《ジャパニーズ》」も）単なるオリエンタルに過ぎなかった。父が漢文学者でもあったぼくの家は、たぶん唯一、中国人が日常的に、コックや「用人《ヨンレン》」ではなく来客として出入りしていた。故に母語の英語ではない抑揚のある言葉が日常的にぼくの耳に入っていた。

その来客たちは、しかしけっして現地の台湾人ではない。大陸から避難してきた、いわゆる「外省人」ばかりの、国民党の支配層、役人と学者と軍人だったのである。

蔣介石の次男の蔣緯国が家に来たという話を、ワシントンで母から確かに聞いたことがあった。その蔣緯国が連れてきた西洋人らしいがどこか違う女性は、中国人とドイツ人の混血、エレナ夫人なのである。

国民党軍の指揮官だった蔣緯国も、それから何十年か経ってから、蔣介石の実子ではなく養子であったことを告白した。実は中国でも台湾でもなく、日本で生まれた。実はその母は日本人であったこともやがては打ち明けた。「中華民国」の凜々《りり》しい指導者も、その美しい夫人も、どちらも半分だけ中国人の、ハーフだった。

蔣緯国は若い頃に国民党の右派とともにナチス空軍に入隊し、ドイツによるポーランド侵攻にも参加していた。その後、中国にもどり対日戦に加わった。「蔣介石の息子」のそんな履歴と西洋風美人の妻の背景を、クッキーをささげるポーランド系の母はたぶん気がつかなかった。写真には写っていないユダヤ系で親中華民国の父もおそらくは知らなかった。

「デリシャス、デリシャス」と英語の感嘆をもらしたという指導者夫妻は、輝いている。白黒写真からはぬくもりも伝わってくる。

亜熱帯の島の、ぼくの子供時代、大人はみんな無邪気だった。

大日本帝国が残した家の中で国民党をもてなしたクリスマス・パーティには、歴史から浮いてしまったような明るさが滲んでいるのである。

すこしもセピア色にはならず、あたかも五十年前のカメラで昨日の風景を撮ったような、くっきりとした白黒写真ばかりだった。一枚一枚の下にある、母親になってから七、八年しか経っていない母の若々しい筆跡も、すこしも薄れていなかった。

一枚の小さな写真の中には、両側に高い塀が並ぶ大通りが写っている。大通りは実に広々としている。しかし写真をよく見ると舗装されていなく、砂利の道なのである。

小さな写真の下には、また母の字があった。

Model Village, Taichung 1957

台湾の地方都市の名前、「台中」と、その町外れにあった「模範郷《モーファンシャン》」の、まずはアメリカにはありえない不思議な英語名。

「モデル・ヴィレッジ」の家々の中の、英語と台湾語の声が、大通りに面している塀にふさがれたかのように、写真からは静けさが伝わる。

未舗装の大通りには自動車が走っていない、それも静けさの印象を強めている。軍用ジープが一台と、大通りの脇の、塀の下のどぶ近くにペディキャブが二台ほど見える。ペディキャブは小さく写っているのでその乗客の人種が見分けられない。

写真の奥では、未舗装の大通りが無限の彼方《かなた》へとつづく。

模範郷《モーフアンシヤン》の極みが分らない。

模範郷《モーフアンシヤン》はぼくにとって、「世界」そのものだった。

幻の「日本人《ルベンレン》」が創ったという、未舗装の大通りと未舗装の横丁に面している、一軒一軒が高い塀をめぐらした、三十軒ほどの家から成っていた「世界」だった。ぼくにとっては「一つの世界」ではなく、「世界」そのものだった。

無限に広がる「自分の世界」は、実は「自分の国」ではない、とちょうどその写真が撮られた頃に、はじめて気づかされた。

塀の下につづくどぶの中のオタマジャクシを追おうと、未舗装の路地を足早で歩きつづけて、いつの間にか高い塀が尽きて、「模範郷《モーフアンシヤン》」の外へ出てしまった。出たとたんに小石を投げられた。小石の一つ二つがぼくの腕に当り、短パンの下の膝に当った。七歳か八歳の夏の、日差しの強い午後だった。

近来の「近」が書けなくなるほどの薄暗さが壁の漆喰にまで染みこんでいる新宿の路地奥の家、だからだろうか、母の白黒写真のどの一枚にも陽光があふれて、建物も塀も大通りも横丁もその輪郭が鮮明に浮び上がっていた。

ぼくが七歳か八歳の頃には、母が写真を撮っていることに気がつかなかった。用人《ヨンレン》もいる大きな家の管理と、知的障がいがすでにはっきりと現れてきた四歳下の弟のケア、それに加え父の大陸の女、台湾の女との連続的な姦通に悩まされながら、よくもこれだけの写真を撮る余裕を見つけた、と感服しながら奥の和室でアルバムのページをめくりつづけた。

Downtown Taichung 1956

台中の中心街。一九五六年だから、父の説明によると、アメリカから、「大陸を失った国民党《ナシヨナリスト》を助けるために」、一家が台中に到着して模範郷の最初の家に入ったばかりのときだった。

戦争と占領と、「大陸を失った」敗軍を助けるために、アメリカの庶民がはじめて大量に東アジアに居住をする時代だった。ペンシルベニア州で生まれた、ポーランド人移民で石炭工の娘が、元は中国研究者で大使館づとめとなった夫といっしょに、伝説的な「東洋」で実生活をするようになった、その驚きと好奇心が白黒の世界を鮮やかにした。

「台中のダウンタウン」の商店街は、日よけの下で小さな店が連なる、中国大陸の町並よりも日本の地方都市の商店街の形と似ている。たった十一年前、実際に大日本帝国に所属する「地方都市」だった台中の舗装された繁華街の大通りの交差点を、百人足らずの歩行者が行き交っている。日本と違って歩行者たちが流れとなっているという感じはなく、一人一人がまわりの人をかまわずに自分の進む方向に向って急ぎ足で歩いている。

国民党軍の白い制服の兵士が左へ、同時に足首まで隠した長いドレスの中年女が右へ、そして自転車に白菜の山をのせた農民がまっすぐへ、愛媛にも青森にもあっておかしくない商店街なのに、「日本人は粘土、中国人は砂」という名言を思わせるように、ばらばらに動いているのである。

「日本人《ルベンレン》」が創った町に、「日本人《ルベンレン》」はいない。新宿の部屋の中で、そんな思いが一瞬ぼくの頭をよぎった。

商店街の並びには「旧漢字」の広告がいっぱいの店も見分けられる。そして奥の方にある、ずんぐりとした二階建てなのに広さは他の建物とだんぜん違うのは、映画館だった。

ぼくは「ダウンタウン」の写真にしばらく見入った。奥の和室は静まりかえっていた。映画館のあたりに視線が何度かおのずと動いた。

映画館は、もしかしたらあの映画館だったのか。

ぼくは確かに六歳だった。まだ何も分らない頃に、父はぼくを「ダウンタウン」の映画館に連れて行った。町のアメリカ人がけっして行かない場所だっただろう。

大きな映画館に入ってみると、父とぼくだけが違って他はすべて黒髪の観客で満員だった。

その日は何の映画が上映されたかはまったく覚えていない。ただ、映画が始まる前の三分間の光景は六歳の眼にやきついた。

照明が消えるととつぜん館内に荘重な音楽が反響しはじめる。

「この国の国歌だから立ちなさい」

「この国」の観客たちと一緒に父とかれが立ち上がると、バルコニーのうしろにある小さな四角い窓から光が溢《あふ》れ出して、スクリーンの上に「この国」の総統の顔が出る。

「三民主義《サンミンジューイー》」

と父が音楽に合わせて静かに歌いだした。

荘重な音楽が次第に鼓舞するような高い調子に至る。

最後に、スクリーンの上に、かれの家がある、短い茎の付いた葉のような島の地図が出た。

島が輝いていた。

島の隣には、島の百倍もある、暗闇に包まれた巨大な丸い陸の塊が現れた。

大陸だ、とかれにはすぐ分った。

輝く島が小さな太陽となって、何十もの光線を大陸の暗闇の隅々まで送り込んでいた。

想像を絶するほど大きくがらんとした真暗な映画館に、小さなプロジェクターが勇ましくも光を送り込もうとしているかのように。（『天安門』）

四十年ほど経ち、新宿のいくつ目かの木造アパートであの三分間が甦り、小説の中の一場面として、日本語になった。日本語というもう一つの島国の言葉で「大陸」を書くことに、大人となったぼくは至上の興奮を覚えた。

奥の和室で、段ボール箱の一番下に入っていたアルバムを取り出した。TAIWAN 1960と書かれた藍色のベルベットのぶ厚い一冊だった。両親が離婚して、母と弟といっしょにぼくが台湾を永久に離れた年だった。TAIWAN 1960は最後のアルバムだった。TAIWAN 1961もTAIWAN 1962もなかった。ページをめくってみると、模範郷に住んでいた最後の家の和室と洋間、そして日本庭園の池と築山の写真がつづいていた。

日本庭園は、日本にはない強い日差しが降りそそいでいて、露出オーバーのように真白かった。

アルバムの三分の一ほどめくったところに、床の間の写真が現れた。母の文字でTOKONOMAと正しいローマ字が記されていた。そうするのだとなぜ分ったのか、「日本人《ルベンレン》」がおそらくしていたのと同じように、床の間には山水画が掛かり、その前には青磁らしい花瓶が置かれていた。花瓶の中には庭園から採ったらしい一本の花が挿してあった。

またページをめくってみた。

もう一枚、床の間の写真があった。

床の間の前で、父と母とぼくと弟がいた。母が弟を抱いていた。ぼくは父のとなりに立っていた。

父も母もまだ三十代である。

何年か経ち、またこの写真を見れば、そのとき父と母はぼくの年齢の半分になる。

「過去形」にはならない、白黒の永久の現在をにらみながら、そんな思いがした。

父はまるで大学院生のように聡明な顔である。弟をかかえる母の顔はよく化粧していて、美しい。

どちらの表情も充実していて、若々しい。

弟の顔にもぼくの顔にも、緊張のかげりはない。

写真の下に、母の手書きで、
June 1960
と書かれていた。

亜熱帯の夏が過ぎて秋が過ぎると、父と母が離婚して家族が分解するという兆しはまったくない。

「日本人《ルベンレン》」が創った床の間の前の、ぼくをふくめたアメリカ人家族を、特に強い感情もなく、しばらく一人で眺めつづけた。

永久の現在を指先でとざす、そのような感覚でアルバムをとじて、箱の一番下にもどした。奥の和室の電気を消したとき、写真の中の四人が、あれから五十年間、二度と四人で集まることはなかった、と急に気づいたのである。

解説

温又柔

私はその人を先生と呼んでいた。

先生と知り合った頃の私は、いつまでたっても舌足らずな自分の中国語を恥じていて、それにもかかわらず、中国風の姓名をもってしまっていることを重荷に感じていた。当時は、どんな人が相手でも、自分の中国語を聞かれるのがこわくて、少なくとも日本にいる間は、できればずっと日本語でとおしたいと思っていた。

だから、先生ともいつも日本語でしゃべっていた。私が、「日本人に生まれなかったのに日本育ちでネイティブな、日本語」で、台湾人なのに中国語ができない自分は、ものを考え、思い、感じるときにも日本語に縋《すが》るしかない、それなのに、こんな自分が日本人ではないことが狂おしい、と打ち明けたら、先生に「あなたは何もわかってない」と本気で叱られた。いま、あなたの目の前にいるこのぼくが、その証拠でしょう」

「日本語は、日本人だけのものではない。

その後、先生と台湾に行く機会があった。津島佑子《つしまゆうこ》さんが率いる「文学キャラバン」に、川村湊《かわむらみなと》そしてリービ英雄《ひでお》の学生ということで、私も特別に同行させてもらえることになったのだ。二〇〇五年秋のことである。台北から東にむかって海岸沿いに走る列車の中で、車窓をよぎる切り立った崖に見とれていたら、

「ここはあなたの国でもあるんだね」

私の隣に座っていた先生が呟《つぶや》いた。うつくしい景色に圧倒されている興奮を滲《にじ》ませながらも、確信に満ちたその日本語の声を聞いて、私はひそかに身を震わせた。

（ここは私の国でもある）

おそらくこの瞬間に、私の覚悟は決まったのだ。自分が日本語しかできないのであれば、とにかくこの言葉を堂々と生きてみよう。そのためにまず、生まれた国の台湾と育った国である日本の間にいるというこの揺らぎを、一篇《いっぺん》の小説を書

くことをとおして、徹底的に言語化してみよう……。二〇一三年春、台北の空港ターミナル・ビルの外にある喫煙所で「中南海」を吸っている先生の後ろ姿を見つけ、リービさん、と呼ぼうとした寸前、ここはあなたの国でもある、という声が唐突に甦《よみがえ》る。そのような言葉で二十五歳だった私を励まし、作家になる道標《みちしるべ》を授けてくれたリービ先生自身の「家」もまた、この国——台湾——にあったのだ。

大人になった自分の記憶の古層において、二重も三重もの意味で「自分の国」ではない島に、確実に「自分の家」があった。

『天安門』や『国民のうた』、あるいは『ヘンリーたけしレウィツキーの夏の紀行』を繰り返し読んできた私は、リービ英雄と台湾の「尋常ではない絆《きずな》」を、よく知っているつもりでいた。だからこそ、台北のターミナル・ビルの外の喫煙所で「中国共産党の総本部となった皇帝ゆかりの土地の名前を冠した」たばこを吸っている先生の、微《かす》かに震えているようにも見える背中には、あと一時間足らずで「実感のない故郷」に帰りついてしまうことへの緊張と葛藤が漲っているように思えた。私は先生に声をかけるのをしばらく躊躇《ためら》った。

リービ英雄は、少年時代の一時期を台湾・台中で送っている。家では、英語をはじめ、外交官の父を訪ねてくる国民党《ナシヨナリスト》の老将軍や使用人の中国語（國語《グオユー》）が飛び交い、高い塀の外では、中国語よりも「やわらか、なのに抑揚がすこし激しい」台湾（閩南《びんなん》）語が響くという環境だった。以前の家主が残した古い雑誌に印刷された文字や、レコードから流れだす歌声をとおして、戦前の日本語と触れ合うこともあった。かれが、父と母、弟と暮らすその家は、「日本人建的《ルベンレンジエンデ》」、すなわち、日本統治時代に台湾にいた日本人が建てたもので、町の外れの旧日本人街にあった。日本人が台湾を去って、まだ数年。交錯する複数の言語の響きを含み込む一九五〇年代の台中の風土にリービ少年は包まれていた。両親の別れによってそこを離れなければならなくなったとき、彼は十歳だった。後に日本や中国へ関心が向くようになっても、台中には決して寄らなかった。記憶の中の風景が変わり果ててしまった現実と直面するのが怖かったのだ。「それを直視することによって、実際に失った東アジアの家を、もう一度、記憶の中で失うことを、ぼくは、たぶん、恐れていた」

「台北から列車ですぐ行ける、と知りながら、西海岸の、台湾海峡に近い台中だけはぼくは避けた」その八年後、『リービ英雄――〈鄙《ひな》〉の言葉としての日本語』の著者であり、台湾・台中の東海大学で教鞭《きょうべん》を執る笹沼俊暁《ささぬまとしあき》氏が企画する文学シンポジウムの招聘《しょうへい》に応じることで、先生はとうとうそこを再訪する覚悟を決めたのだった。

この貴重な旅の記録は映像としても残すべきだと詩人の管啓次郎《すがけいじろう》氏が提案し、映像作家の大川景子《おおかわけいこ》氏が撮影を担うことになった。ほかに数名、かつての私のように、リービ英雄のゼミで学んでいる大学院生たちの同行も決まった。

私にとっては、先生との二度目の台湾だった。

三月でも充分に眩《まばゆ》い亜熱帯の光の中、梅川《メイチユアン》や、いくつもの未舗装の細い路地、ラムネの瓶の色とりどりの破片が突き刺さった高い塀の間をめぐるとき、リービ英雄は八歳や九歳の少年のようにはしゃぎながらも、時折、神経質な表情をのぞかせた。台中にいる間じゅう、先生はいつにもまして饒舌《じょうぜつ》だった。元々、口数の少ないほうではない。けれども約半世紀ぶりにおとずれた町を歩く先生の口からとめどなく流れだす言葉の量は尋常ではなかった。波打つ感情の飛沫《ひまつ》を一滴も逃さずすばやく言葉に置き換えないことには、一秒たりともここにいられないのかと思えるほどだった。そのようすは、何かがあまりにも露《あら》わで、私ははらはらとしながら、先生のあとを必死で追いかけた。そして、路地と呼ぶにはやや狭い細道で、涙に濡《ぬ》れた顔を手の甲で拭っていた先生と目が合ったときはついに、何かを言いかけるその声を遮って、

「まだ言語化しなくていいです」

と言ってしまった。先生は、しゃべるのをやめた。そのことに、私は確かに安堵《あんど》した。その後も数秒ほど、そんなに急いで言葉にしないでください、とか、すぐに言語化しようとしないでいいです、と言い続けた気がするのだが、実はよく覚えていない。私と先生の足元には、一人しか渡れない小さな石の橋がかかった細い側溝があった。こことよく似た場所で、九歳のリービ少年は、中国語と台湾語が飛び交う異境の地で母語である英語のレコードにひとり耳を傾ける母親の淋《さび》しさを直感し、自分はもう以前とは同じふうに生きられない、と察したのだと私たちはあとで知った。

二〇一三年十二月、大川景子は一本のドキュメンタリー映画を完成させた。五十三分間の映像作品には、東アジアの中の原風景をめぐるリービ英雄の旅が、リービ自身の言語によって表現される以前の、剝き出しの姿で、輝きを放ちながら生きていた。『※異境の中の故郷』と題されたこの映画を鑑賞するごとに、私は確信する。あれはあの旅はやはり一人の人間が甘い感傷に浸るための追憶の旅ではない。少なくとも同行者全員にとっては、リービ英雄の「現在」の背後に控える、「過去」の記憶を、台中の陽光のもと、露わにすることで、「未来」に書かれるだろう彼の「日本語」を予感する旅だった。映画の完成から七か月後、本書の表題作である「模範郷」をリービは『すばる』に発表する。

　何語にもならない、ここだった、というその感覚だけが胸に上がった。
　暑苦しい空気の中から滲み出たように、英語の歌詞が甦った。

何語にもならない、ここだった、というその感覚。一人の作家が、作家になる以前の、もっといえば、その感性が、一つの言語に凭《もた》れかかってしまう以前の、どの言語もまだ、かれにとっての確かな思考の杖とは言い切れない、十歳未満の少年に襲いかかった、人生の転機。それは、「台湾の、ここ、台中の、町の外れにあった、(中略)旧日本人街」で、起きたことだった。それが起きた場所を、かつての少年だった作家は、「模範郷」と呼び、回想する。

「模範」という近代の発想に、「郷」。故郷の「郷」でもあり、桃源郷の「郷」でもあった。満州の町と同じように、近代主義にユートピアの夢想。模範郷なのだ。だからこそ五十年間、そこはぼくの記憶の中で生きてきた……。

続く「宣教師学校五十年史」「ゴーイング・ネイティブ」「未舗装のまま」の三篇を読めばなおさら、「自分の家」を失うことを予感し、言葉を失っていた九歳の少年が、のちに万葉集《マンヨーシュー》の英訳をし、ついには日本語の作家となった軌跡の原点ともいえる記憶の中の風景が、この上ない日本語に結晶したという輝かしい事実に圧倒される。

——日本語は、ぼくのものでもある。
Model Village でもなく、モーファンシャンと中国語でもなく、もはんきょう、と読ませる『模範郷』というタイトルの本を前にして私は、リービ英雄が一人の作家として身をもって示し続けるその豊かな凄みを、自分は充分に理解できているのか、不安になる。けれどもすぐに、不安なままでも、いや、ひょっとしたら不安を抱えながらのままのほうが、「異境の中の原風景」を書いたリービ英雄の文体に宿る、かつて触れたことのない、それでいてなつかしい日本語の息吹を、直に感じられるのかもしれないとも思う。

(おん・ゆうじゅう 小説家)

※映画『異境の中の故郷』の詳細および上映情報等はこちらをご参照ください。
https://ikyou-kokyou.jimdo.com/

引用・参照文献

笹沼俊暁『リービ英雄――〈鄙〉の言葉としての日本語』論創社、二〇一一年

The Holy Bible, King James Version, American Bible Society, New York, NY.

『文語訳 旧約聖書I 律法』岩波文庫、二〇一五年

中西進『萬葉集 全訳注原文付』講談社、一九八四年

Levy, Ian Hideo (1981), *Man'yōshū: A Translation of Japan's Premier Anthology of Classical Poetry* vol. 1, University of Tokyo Press, Tokyo.

リービ英雄『ヘンリーたけしレウィツキーの夏の紀行』講談社、二〇〇二年

Spurling, Hilary (2011), *Pearl Buck in China: Journey to The Good Earth*, Simon & Schuster Paperbacks, New York, NY. 訳文は著者による。

パール・バック『大地（一）』小野寺健訳、岩波文庫、一九九七年

リービ英雄『天安門』講談社文芸文庫、二〇一一年

自著の引用については、本作の内容に即し、若干表記を変更した箇所があります。

本書は、二〇一六年三月、集英社より刊行されました。

初出一覧
模範郷
宣教師学校五十年史　「すばる」二〇一四年八月号
ゴーイング・ネイティブ　「すばる」二〇一五年七月号
未舗装のまま　「すばる」二〇一六年一月号
「すばる」二〇一六年三月号

集英社文庫　目録（日本文学）

吉村達也　禁じられた遊び
吉村達也　私の遠藤くん
吉村達也　家族会議
吉村達也　可愛いベイビー
吉村達也　危険なふたり
吉村達也　ディープ・ブルー
吉村達也　生きてるうちに、さよならを
吉村達也　鬼の棲む家
吉村達也　怪物が覗く窓
吉村達也　悪魔が囁く教会
吉村達也　卑弥呼の赤い罠
吉村達也　飛鳥の怨霊の首
吉村達也　陰陽師暗殺
吉村達也　十三匹の蟹
吉村達也　それは経費で落とそう
吉村達也　「会社を休みましょう」殺人事件
吉村龍一　旅のおわりは
吉村龍一　真夏のバディ
よしもとばなな　鳥たち
吉行あぐり　吉行和子　あぐり白寿の旅
吉行淳之介　子供の領分
與那覇潤　日本人はなぜ存在するか
米澤穂信　追想五断章
米原万里　オリガ・モリソヴナの反語法
米山公啓　医者の上にも3年
米山公啓　命の値段が決まる時
リービ英雄　模範郷
隆慶一郎　一夢庵風流記
隆慶一郎　かぶいて候
連城三紀彦　美女
連城三紀彦　隠れ菊(上)(下)
わかぎゑふ　秘密の花園
わかぎゑふ　ばかちらし
わかぎゑふ　大阪の神々
わかぎゑふ　花咲くばか娘
わかぎゑふ　大阪弁の秘密
わかぎゑふ　大阪人の掟
わかぎゑふ　大阪人、地球に迷う
わかぎゑふ　正しい大阪人の作り方
若桑みどり　クアトロ・ラガッツィ(上)(下)　天正少年使節と世界帝国
若竹七海　サンタクロースのせいにしよう
若竹七海　スクランブル
和久峻三　夢の浮橋殺人事件　あんみつ検事の捜査ファイル
和久峻三　女検事の涙は乾く　あんみつ検事の捜査ファイル
和田秀樹　痛快！心理学　入門編　―なぜ僕らの心は壊れてしまうのか
和田秀樹　痛快！心理学　実践編　―どうしたら私たちはハッピーになれるのか
渡辺淳一　白き狩人
渡辺淳一　麗《うるわ》しき白骨

集英社文庫 目録（日本文学）

渡辺淳一 遠き落日(上)(下)
渡辺淳一 わたしの女神たち
渡辺淳一 新釈・からだ事典
渡辺淳一 シネマティク恋愛論
渡辺淳一 夜に忍びこむもの
渡辺淳一 これを食べなきゃ
渡辺淳一 新釈・びょうき事典
渡辺淳一 源氏に愛された女たち
渡辺淳一 マイ センチメンタルジャーニィ
渡辺淳一 ラヴレターの研究
渡辺淳一 夫というもの
渡辺淳一 流氷への旅
渡辺淳一 うたかた
渡辺淳一 くれなゐ
渡辺淳一 野わけ
渡辺淳一 化身(上)(下)

渡辺淳一 ひとひらの雪(上)(下)
渡辺淳一 鈍感力
渡辺淳一 冬の花火
渡辺淳一 無影燈(上)(下)
渡辺淳一 孤舟
渡辺淳一 女優
渡辺淳一 仁術先生
渡辺淳一 花《はな》埋《うず》み
渡辺淳一 男と女、なぜ別れるのか
渡辺淳一 医師たちの独白
渡辺優 ラメルノエリキサ
渡辺優 自由なサメと人間たちの夢
渡辺雄介 MONSTERZ
渡辺葉 やっぱり、ニューヨーク暮らし。
渡辺葉 ニューヨークの天使たち。
＊

集英社文庫編集部編 短編復活
集英社文庫編集部編 短編工場
集英社文庫編集部編 おそ松さんノート
集英社文庫編集部編 はちノート—Sports—
集英社文庫編集部編 短編少女
集英社文庫編集部編 短編少年
集英社文庫編集部編 短編学校
集英社文庫編集部編 短編伝説 めぐりあい
集英社文庫編集部編 短編伝説 愛を語れば
集英社文庫編集部編 短編伝説 旅路はるか
集英社文庫編集部編 短編伝説 別れる理由
集英社文庫編集部編 短編アンソロジー 味覚の冒険
集英社文庫編集部編 短編アンソロジー 患者の事情
青春と読書編集部編 COLORSカラーズ

集英社文庫

模範郷《もはんきょう》

2019年3月25日　第1刷　　定価はカバーに表示してあります。

著　者　リービ英雄《ひでお》

発行者　徳永　真

発行所　株式会社　集英社
東京都千代田区一ツ橋2-5-10　〒101-8050
電話　【編集部】03-3230-6095
【読者係】03-3230-6080
【販売部】03-3230-6393（書店専用）

印　刷　大日本印刷株式会社

製　本　ナショナル製本協同組合

フォーマットデザイン　アリヤマデザインストア　　マークデザイン　居山浩二

ISBN978-4-08-745850-3 C0193